CHRISTINE DE MAZIÈRES

LOCARNO

roman

AUX ÉDITIONS DU SEUIL
57, rue Gaston-Tessier, Paris XIXe

ISBN 978-2-02-157599-6

www.seuil.com

Hamlet ne sait trop que faire de tous ces crânes. […] Son esprit affreusement clairvoyant contemple le passage de la guerre à la paix. Ce passage est plus obscur, plus dangereux que le passage de la paix à la guerre ; tous les peuples en sont troublés. Et Moi, se dit-il, moi, l'intellect européen, que vais-je devenir ?… Et qu'est-ce que la paix ?

Paul Valéry, *La Crise de l'esprit*, 1919

Depuis un siècle et plus, l'Europe ne fait qu'étudier et construire des usines. L'on sait exactement combien de grammes de poudre il faut pour tuer un homme, mais on ne sait plus comment prier.

Hermann Hesse, *Demian*, 1919

Tant de douceur au cœur de l'homme, se peut-il qu'elle faille à trouver sa mesure ?

Saint-John Perse, *Anabase*, 1924

Principaux personnages

Edvard Beneš, Premier ministre tchécoslovaque
Philippe Berthelot, secrétaire général du ministère des Affaires étrangères français
Aristide Briand, ministre des Affaires étrangères français
Fernand de Brinon, rédacteur en chef du *Journal des débats*
Austen Chamberlain, ministre des Affaires étrangères britannique
Ivy Muriel Chamberlain, épouse d'Austen Chamberlain
Henri Fromageot, juriste de la délégation française
Friedrich Gaus, juriste de la délégation allemande
Emmy Hennings, écrivaine allemande
Oswald Hesnard, chef du service d'information de l'ambassade de France à Berlin, interprète pour l'allemand de la délégation française
Hermann Hesse, écrivain allemand
Cecil Hurst, juriste de la délégation britannique
Franz Kempner, secrétaire d'État à la Chancellerie allemande
Otto Kiep, chef du service de presse à la Chancellerie allemande
Hermann Knospe, correspondant du *Völkischer Beobachter*, journal national-socialiste

Konrad Krampff, correspondant de la *Kreuzzeitung*

Alexis Leger, directeur de cabinet d'Aristide Briand et poète sous le nom de Saint-John Perse

Louise Lenfant, correspondante du *Courrier de Genève*

Hans Luther, chancelier allemand

René Massigli, diplomate, secrétaire de la délégation française

André Meyer, correspondant de *L'Alsace*

Ludovic Naudeau, envoyé spécial de *L'Illustration*

Jules Sauerwein, correspondant du *Matin*

Carl von Schubert, secrétaire d'État au ministère des Affaires étrangères allemand

Vittorio Scialoja, ministre des Affaires étrangères italien

Aleksander Skrzyński, ministre des Affaires étrangères polonais

Max von Stockhausen, conseiller personnel du chancelier allemand

Gustav Stresemann, ministre des Affaires étrangères allemand

Geneviève Tabouis, correspondante de *La Petite Gironde*

Émile Vandervelde, ministre des Affaires étrangères belge

Marianne von Werefkin, peintre d'origine russe

Ernst Wibeau, correspondant du *Berliner Tageblatt*

Tout à l'heure, j'ai vu un aigle planer au-dessus de ma tête. Un aigle royal, il me semble. Bec jaune recourbé, immenses ailes brunes ourlées de blanc. Il a tourné plusieurs fois autour du chalet de granit, comme s'il attendait quelque chose. Je voyais son œil rond m'observer fixement. Puis, peu à peu, il a élargi ses tours, pris de la hauteur, et il a disparu par-delà la Cima dell'Uomo.

À part l'aigle, je n'ai pas vu âme qui vive depuis mon arrivée. La montagne semble désertique. Même le ruisseau qui coulait derrière l'appentis n'est plus qu'un mince filet d'eau. Il paraît qu'il y avait des chèvres ici autrefois.

Le chalet n'a pas été occupé depuis des années. Sauf par les araignées, dont j'ai fendu les toiles. Une fine couche de poussière brillante recouvrait les quelques meubles. J'ai fait comme si... J'ai nettoyé, aéré, rangé mes quelques affaires. Ouvert tous les placards, compté les bocaux de myrtilles et d'airelles, les fioles d'alcool de gentiane. Je me suis installé. Un semblant de vie normale, en somme. Une vie où l'on range en vue du lendemain.

Quelques boîtes de conserve traînaient dans le bahut. J'ai lu les étiquettes. Les dates de péremption ne sont pas encore dépassées, mais proches. « Comme toi, mon vieux. » J'ai ri.

Dans une malle en osier, j'ai trouvé quelques livres sur la faune et la flore des montagnes, des cartes géographiques, des coupures de journaux jaunies.

Il y avait aussi un vieux cahier cousu, aux feuillets si fins qu'ils semblent s'effriter sous la main. Ses pages sont recouvertes d'une fine écriture à l'encre passée que je ne connais pas.

Je me suis assis sur la terrasse en bois, face à la vallée. En contrebas, on aperçoit le lac, brillant comme une émeraude. J'ai bu une gorgée d'alcool de gentiane et commencé à lire le cahier. C'est le Journal qu'écrivait ma grand-mère, Louise, lorsqu'elle a rencontré mon grand-père, il y a longtemps, il y a un siècle, en 1925.

Je n'ai pas connu mes grands-parents, ils ne sont pour moi que des visages figés sur des photos. Mais papa m'a raconté tant de fois la conférence de paix à laquelle ils étaient venus assister – mon historien de père a même écrit un long article à ce sujet. Alors, forcément, j'ai entendu parler du pacte de Locarno, des poignées de main entre anciens ennemis devant les caméras pour conjurer le retour de la guerre en Europe. Mais j'ignorais l'existence du Journal de Louise. Vertige du temps aboli. Une émotion singulière m'a saisi comme j'ouvrais la première page du cahier.

Bien calé sur mon banc de bois, j'ai jeté un regard vers le ciel, puis je me suis plongé dans l'Histoire…

Dimanche 4 octobre 1925, midi, dans la région du Tessin en Suisse

Le train avance à flanc de montagne au sein d'une vallée encaissée ; en contrebas, la rivière creuse son chemin parmi l'éboulis de roches. Louise somnole un instant, bercée par le roulis, puis se replonge dans son guide touristique. « *La région du Tessin a ceci de remarquable que le Nord et le Sud s'y rejoignent et que, en même temps, elle semble coupée du reste du monde, au Nord par l'écran du massif des Alpes et au Sud par un rideau d'eau bleu scintillante voilant l'Italie toute proche...* » « Quelle emphase, tout de même... pense-t-elle. Comment peut-on écrire “dans cette région bénie, toute nostalgie disparaît comme par magie” ? Pourquoi vouloir faire disparaître la nostalgie quand, parfois, c'est tout ce qu'il vous reste du bonheur ? »

Au coup de sifflet de la locomotive, elle relève les yeux. Le tableau encadré par la fenêtre a commencé à changer. Les montagnes semblent s'écarter, la vallée s'élargir. Une lumière nouvelle vient réveiller les couleurs. Devant elle, quelque chose brille, s'étend, grandit, et bientôt le voici, enchâssé dans un dégradé mauve de montagnes, immense miroir étincelant de bleu. Le lac Majeur.

– Locarno, terminus ! crie une voix.

Le train s'immobilise dans une petite gare bordée de palmiers et de lauriers-roses. Un flot de voyageurs, malles, valises et sacs se déverse sur le quai. De joyeuses exclamations jaillissent en diverses langues. Il flotte de la douceur dans l'air. Louise ferme un instant les yeux et prend une inspiration.

– *Facchini per vostri bagagli!*

Un porteur recueille sa valise avec l'adresse de la chambre qu'elle a louée pour quinze jours. Elle, elle veut rallier le centre-ville à pied.

D'un bon pas, elle longe le petit port, respirant avidement l'air lacustre, admirant l'oscillation des voiliers et des navettes. Elle se surprend à penser qu'elle a oublié son chapeau. La voici « en cheveux », comme disait sa mère jadis. D'ailleurs, ses cheveux, elle les a coupés et elle sent comme un vent de liberté caresser sa nuque dégagée. Lilli lui a dit que cette coupe lui allait bien, avec ses cheveux sombres.

Louise arrive sur une vaste place pavée de galets, aux terrasses de café bondées. Le monde entier semble s'être donné rendez-vous sur la Piazza Grande de Locarno. Au centre de ce décor d'opérette aux façades colorées, jaunes, roses, vertes, une tache blanche : l'hôtel de ville. Sur le balcon orné de drapeaux suisses, le conseil municipal est aligné au grand complet pour le lâcher de colombes. C'est Giovan Battista Rusca, maire de Locarno, qui en a eu l'idée. Ce n'est pas tous les jours qu'on attend une conférence de paix, et pas n'importe laquelle : une conférence de paix annoncée comme décisive, pour faire vraiment la paix, enterrer la hache de guerre, surtout entre les deux grands ennemis héréditaires, l'Allemagne et la France. Alors la Confédération helvétique et lui, Rusca, se sont portés candidats pour accueillir cette conférence de la dernière chance, et voilà pourquoi il jubile en donnant le coup d'envoi.

Les colombes s'envolent dans un grand « Hourra ! » et au même instant s'ébranle la fanfare, sous le balcon blanc de la mairie, les cuivres retentissent. Mais soudain, c'est l'émoi.

– *Ma che cos'è?*

Un éclair a traversé le ciel de haut en bas. Des pépiements stridents déchirent l'harmonie des cuivres. Des plumes virevoltent. Un cri s'élève de mille bouches. Les édiles, porte-drapeaux, trompettes, trombones, tubas, cornets à pistons et cors de chasse courent en tous sens. Le glockenspiel s'est brisé en tombant. Les cymbales roulent à terre. Chahut de souliers ferrés sur la chaussée pavée. Un enfant hurle. Une voix de ténor s'élève :

– *Mamma mia! Un aquila!* C'était un aigle, je vous le jure, j'ai vu son bec jaune recourbé…

Installée à une terrasse de café, elle l'a vu, l'aigle, fondre sur les colombes, et, l'instant d'après, elle a vu la fanfare éclater comme un tonnerre et les cuivres briller tels des éclairs aveuglants, effrayant sans doute le rapace. Il a filé si vite qu'il n'est déjà plus qu'un point dans le ciel, qui vole vers le mont Cardada.

Sur le pavement de galets gît une petite boule de plumes blanches froissées. Louise bondit de sa chaise, mais un grand rouquin a été plus rapide. Agenouillé devant la colombe blessée, il la recueille très doucement dans ses mains. D'un œil inquiet, l'oiseau le regarde. Il murmure d'une voix nasillarde :

– *Kleine Friedenstaube, der Adler hat dich nicht gefressen...*

– Cela vous va bien, à vous les Allemands, de parler de défendre les colombes de la paix contre les aigles !

Un type coiffé d'un canotier a apostrophé en français le rouquin et s'est planté devant lui. Il le toise en souriant, les bras croisés. L'Allemand se relève, la colombe toujours au creux de ses mains, et bégaie, l'air surpris, dans un français hésitant :

– Je... j'aime les oiseaux.

– Moi aussi, je les aime, fait le type au canotier en riant, surtout dans mon assiette : cailles, palombes, perdrix, rissolées aux petits oignons et servies avec un chablis bien frais... Oh, mais je plaisante, je n'ai aucune intention de me la farcir, cette colombe symbole de la paix !

Il saisit sur une table une corbeille à pain garnie d'une serviette blanche et la tend au rouquin qui y dépose délicatement l'oiseau étourdi. Côte à côte, les deux hommes portent tel le saint sacrement dans une procession la corbeille d'où dépassent un bec et un œil inquiet.

– Permettez ? Tendez bien la corbeille devant vous et regardez l'objectif...

Louise a sorti un appareil photo miniature et, *clic*, immortalise la scène.

– Merci, messieurs. La colombe de la paix sauvée par un Français et un Allemand : quel beau symbole d'amitié !

Le Français rétorque avec vivacité :

– De l'amitié ? Vous allez un peu vite en besogne, mademoiselle. On s'est peut-être canardés dans les tranchées…

Troublé, l'Allemand se défend :

– Des canards ? Non non, seulement des pigeons dans les tranchées…

Elle éclate de rire, suivie de l'homme au canotier. Le rouquin les regarde, l'air ahuri, puis leur tend la main :

– Mon nom est Wibeau, Ernst Wibeau, je suis correspondant du *Berliner Tageblatt*.

– Moi, c'est Louise Lenfant, du *Courrier de Genève*.

– Et moi, André Meyer, correspondant de *L'Alsace*. Chers collègues, je suggère que la colombe repose en terrain neutre, en Suisse donc, auprès de vous, mademoiselle. Vous voulez bien ?

Louise prend la corbeille. La colombe l'examine de son œil rond sans protester. Ils s'attablent tous trois à la terrasse du café.

– Meyer et Wibeau… Quand même, c'est amusant, non ?

La jeune femme les observe, l'un puis l'autre, avec un petit sourire en coin.

– Un Français qui porte un nom allemand et un Allemand, un nom français…

– Ah, en effet, soupire André Meyer en se redressant. Je suis alsacien, d'une famille qui a choisi la France en 1871, et fier de l'être.

– Et ma famille à moi est d'origine huguenote, complète Ernst Wibeau. Elle s'est réfugiée à Berlin pour fuir les persécutions de Louis XIV contre les protestants.

Ils se regardent, vaguement ébranlés. Ils n'ont pas le temps d'approfondir ce sentiment, car déjà on s'amasse autour d'eux. De toutes parts, on accourt. On applaudit. Au centre de la table, l'œil apeuré de l'oiseau roule de l'un à l'autre. D'autres tables sont apportées, et des chaises, à grands raclements sur les pavés. On se serre, on plaisante, on commande des cafés et des limoncelli. Quand tout le monde est installé, un silence se fait. On se surveille du coin de l'œil, en fumant, un peu gênés.

– Un ange passe, lance une voix.

– Pourvu que ce soit un ange de la paix, répond une autre.

Des rires, puis à nouveau plus un bruit. Français, Allemands, Italiens, Anglais, Polonais, Tchèques, accourus de toute l'Europe pour suivre la conférence de paix tant attendue, les voici coude à coude à s'observer. Amis ? Ennemis ? Quelques-uns finissent par se lever et retournent à la table de leurs compatriotes. Les blocs se reforment. Les cicatrices sont trop fraîches. Le souvenir des tranchées trop vif. Là un borgne, là un manchot. Chacun chez soi, c'est plus prudent.

Ils demeurent tous les trois seuls autour de la colombe. Un gros saint-bernard se faufile entre les chaises et s'arrête à leur table, flairant l'oiseau. Le rouquin, d'une main ferme, l'empêche de s'approcher tout en lui caressant la tête. Le chien lui jette ce regard si entier et confiant qu'ont les bêtes et qui l'émeut chaque fois. Ce chien paraît si paisible, malgré ses crocs et ses griffes. « Pourquoi, se demande Wibeau, les animaux, eux, contiennent-ils leur violence et ne connaissent-ils pas la vengeance ? Que peut bien penser d'eux ce chien ?

Sans doute qu'on ne sait jamais avec ces drôles d'humains, souvent imprévisibles. »

Le chien a bien perçu qu'il y avait plusieurs meutes d'hommes rivales. Celle des mâles dominants, fiers, gonflés d'eux-mêmes, sentant l'odeur de la force et de la puissance. Ils marquent leur territoire en faisant du bruit, en montrant les dents. Les quelques femelles présentes essaient de paraître attirantes en retroussant leurs babines et en émettant de petits bruits de gorge. Les mâles dominants passent leur temps à se défier entre eux, mais aussi à défier la meute voisine, la meute des vaincus. Ceux-là montrent moins les dents. Ils ne sont pas chétifs, pourtant. Certains semblent même plus grands et plus forts, mais ils courbent l'échine. Ils évitent de regarder les dominants dans les yeux. Leurs voix sont étouffées. Ils se serrent les uns contre les autres, comme craignant une attaque. Ils sentent l'aigre, comme ceux qui supportent mal leur soumission.

Et puis il y a ce groupe mêlant les deux meutes. Il a repéré chez eux un ami sincère des bêtes, un grand au pelage poil de carotte. Voilà que l'homme lui donne un peu de saucisse. C'est bon. Il lui lèche la main en signe de reconnaissance et l'homme le gratte délicatement entre les yeux. Il se laisse faire et gémit doucement sous sa caresse. Il aime la manière dont la main de l'homme le touche. Il y a dans cette main de la chaleur, de l'affection. Il ferait un bon maître et le chien se sent capable de l'aimer jusqu'à la fin de ses jours.

Cependant, cet homme est un ami de toutes les bêtes, même des plus stupides comme cet oiseau blanc posé au centre de la table. Il protège le volatile, sûrement blessé, sinon celui-ci se serait envolé. Une proie facile en principe. Mais le chien a compris, il ne faut pas toucher à la bestiole à plumes. Alors il s'allonge aux pieds de l'homme, son épais museau posé sur ses pattes avant, en lui coulant de temps en temps un regard humide et doux.

Rassuré, Ernst Wibeau peut enfin se tourner vers sa voisine.

– Vous avez une jolie petite caméra, mademoiselle Lenfant.

Louise sourit.

– Oui. C'est une Ermanox. Très pratique : pas besoin de trépied ni de temps de pose.

Il tire de sa poche un appareil photo tout aussi miniature.

– Voyez, moi aussi j'aime la photo. J'ai trouvé à la Foire de printemps de Leipzig cet appareil incroyable, tout nouveau. Une optique très performante, la même que pour les microscopes. Un film souple comme pour le cinéma. Plus besoin de plaque en verre, on peut prendre trente-six photos à la suite. Ça s'appelle un Leica. Vous voulez essayer ?

André Meyer tente de ramener la conversation à lui :

– Alors, comme ça, vous êtes suissesse, mademoiselle ? Cela ne s'entend pas…

– Je vis à Genève, mais je suis parisienne d'origine.

Louise a plongé son regard vers sa tasse. Elle n'a pas l'air de vouloir s'étendre sur le sujet.

– Ah, je me disais bien…

Un groupe de Français s'approche et entoure Meyer.

– Eh, André ! Tu rejoins la tablée ? On a le temps de boire un verre avant la conférence de presse.

Meyer se lève d'un coup, soulève son canotier et s'excuse, les copains et le devoir l'appellent.

– À la prochaine, hein ?

Puis c'est au tour de Wibeau d'être interpellé par ses compatriotes :

– *Wibeau, na komm schon und trink mit uns!*

Le rouquin se déplie lentement, salue Louise avec cérémonie, en inclinant la tête d'un petit coup sec, à la prussienne. La jeune femme ne peut s'empêcher de rire. Elle se penche vers la colombe, dont une aile tremble légèrement, et lui chuchote :

– Les hommes nous abandonnent, ils reconstituent leurs tranchées. Chacun de son côté. Mais nous, on reste ensemble, hein ?

L'aigle a filé à vive allure vers son aire natale, à l'aplomb de la falaise à pic. Loin de la folie de ces créatures imprévisibles, qui semblent commander l'orage et les éclairs. Sale journée pour le rapace. Il rentre bredouille, lui le roi du ciel, le guerrier puissant qui domine le monde solide peuplé d'êtres rampants, lui le chasseur qui doit perpétuer sa lignée dont seuls les plus forts sont dignes de survivre, selon la loi de l'espèce.

Mais, ce matin, il a eu beau ajuster la focale de ses yeux acérés, deux billes jaunes qui ne cillent jamais, et balayer la terre, fouiller, darder, viser tout ce qui bougeait, cible potentielle à sang chaud, à mesure que remontaient vers lui les effluves des forêts, chlorophylle des noisetiers ou âcre parfum d'humus et d'aiguilles de pin décomposées, nul lièvre des neiges, nul jeune bouquetin égaré à emporter. Rien. Rien que feuilles agitées par le vent, clapotis de ruisseau, agitation de créatures trop insignifiantes pour lui. Les proies dormaient-elles ? Il enrageait. Tuer, égorger, étriper, dépecer ! criait son sang. Lorsqu'il a aperçu le ruban bleu du lac festonné de montagnes, il a jubilé : le domaine des humains regorgeait de proies – agneaux égarés, tendres chiots, grasses poulardes. C'est alors qu'il a vu s'élever une nuée d'oiseaux blancs. Ils semblaient trop petits de prime abord, mais leur blancheur était promesse de chair délicate. En un piqué éclair, il a fondu sur l'un des volatiles, le crochetant de ses puissantes serres.

Puis un bruit effrayant comme le tonnerre a déchiré son tympan. Une lumière tranchante comme la foudre l'a aveuglé. Quoi ! Un orage sous ce ciel bleu ? Il ne comprenait plus. Alerte, alerte maximale ! Son instinct de survie a pris le dessus. En un clin d'œil, le rapace a lâché sa proie pour filer droit vers le ciel, les muscles bandés à l'extrême, les ailes battant à un rythme jamais vu, son record de vitesse d'ascension explosé. Qu'avaient-ils encore inventé, ces humains ?

Dimanche 4 octobre, après-midi

Le grand salon de l'hôtel Esplanade, à Minusio, bruit comme une volière. On entend parler toutes les langues européennes. Deux cents journalistes sont accrédités pour suivre la conférence de paix.

Des appareils photo crépitent quand la délégation allemande fait son entrée. « Ils n'ont pas l'air commode, les Prussiens », entend-on marmonner à l'avant-dernier rang. Le chancelier Hans Luther et son ministre des Affaires étrangères, Gustav Stresemann, prennent place sur le podium. Ils savent que la partie ne sera pas facile. Gagner l'opinion publique est au moins aussi important que réussir les négociations à venir ; c'est pourquoi ils ont organisé cette première conférence de presse internationale. Le silence se fait, bientôt rompu :

– Une question pour M. Stresemann… Monsieur le ministre, est-il vrai que la raison pour laquelle vous êtes arrivés hier par des chemins détournés est que vous craigniez un projet d'attentat contre vous ?

Gustav Stresemann, engoncé dans un costume trois-pièces un peu trop chaud pour l'air encore doux du Tessin, s'efforce de sourire. Ils sont bien renseignés… Il ne va tout de même pas leur raconter qu'ils sont venus en hommes traqués, de vrais parias, obligés de descendre à Bellinzone, l'arrêt précédant Locarno, puis de faire discrètement le reste du trajet en automobile. L'ambassadeur allemand en Suisse était monté dans leur wagon à Berne pour les informer d'un projet d'attentat contre lui, ourdi par la brigade Ehrhardt, des ultra-nationalistes également financés par l'Internationale communiste, prête à toutes les alliances, même contre nature, pour déclencher la révolution mondiale. Certains volontaires de la brigade se sont rétractés, mais la prudence reste de mise, l'affaire n'est peut-être pas réglée.

Stresemann n'a pas envie de finir comme son prédécesseur au ministère des Affaires étrangères, Walther Rathenau, assassiné trois ans plus tôt en plein jour à Berlin. Il préfère répondre avec humour – rien de tel pour mettre dans sa poche les journalistes.

– Je viens en effet d'enlever mon postiche… Non, sérieusement, est-ce que je ressemble à quelqu'un qui se cache ?

– Mais tout de même, renchérit un autre journaliste, la délégation allemande s'est installée à l'écart de Locarno, à Minusio : pourquoi ce souci de discrétion ?

– Voyez-vous, nous n'avions pas les moyens de nous payer un grand hôtel en centre-ville, réplique Stresemann en montrant ses poches vides. Le gouvernement a d'autres factures à régler en ce moment pour des réparations urgentes…

La salle s'esclaffe. Tant mieux. Stresemann n'est pas du genre à étaler son amertume. Les hommes de la jeune république de Weimar ont l'habitude d'être humiliés. Ils sont lestés du poids de la défaite, qui n'est pourtant pas la leur, mais celle du défunt Empire. Les Alliés ont exigé de ne voir aux négociations de l'armistice puis du traité de paix aucun représentant du Reich ou du haut commandement de l'armée, uniquement des civils démocratiquement élus. Ceux qui ont mené le pays à la défaite ont ainsi pu échapper à leurs responsabilités. Le Kaiser a fui dès novembre 1918, en laissant à la nouvelle république un pays vaincu et en proie à la révolution. Mais les Alliés ne font pas dans le détail. L'Allemagne reste l'Allemagne : peu importe qu'elle soit devenue une démocratie, où les femmes ont le droit de vote depuis 1918 ; le jeune État conserve une image militariste aux yeux du monde. Triste ironie de l'Histoire, ce sont eux, les hommes de la jeune république démocratique de Weimar, qui portent le déshonneur d'une Allemagne mise au ban des nations.

La délégation allemande s'est installée à l'hôtel Esplanade, la veille au soir. La pleine lune diffusait une lumière blanchâtre. Tous étaient fatigués par le long voyage. Des effluves sucrés de raisin et des parfums de rose et de jasmin montaient des jardins. Ils ont ôté leurs lourds manteaux. La douceur du climat en ce mois d'octobre donnait envie soudain d'être sentimental. Gustav Stresemann pensait à Käte, sa femme adorée, restée à Berlin. Hans Luther songeait avec attendrissement à ses deux petites filles, Gertraud, onze ans, et Eva Marie, quatre ans, qu'il élevait seul depuis la mort de sa chère Gertrud. Le secrétaire d'État Carl von Schubert se remémorait avec nostalgie un séjour avant guerre dans un palace à Locarno avec son élégante épouse Renata. Quant à Otto Kiep, le responsable du service de presse à la Chancellerie, le lac Majeur dans la lumière du soir lui rappelait le Loch Lomond, près de Glasgow, où il avait passé une enfance heureuse au sein d'une famille de grands négociants originaires de Hambourg. D'autres encore pensaient à leur fils ou à leur frère tombé devant Verdun et qui plus jamais ne connaîtrait cette félicité.

Ils contemplaient le lac Majeur, incendié par le soleil couchant, scintillant de mille feux. La lune, ronde, était maintenant au-dessus de la dentelle de montagnes noires. Des cloches carillonnaient de toutes parts. Après un dîner frugal, ils se sont rendus, silencieux, à la bénédiction par l'évêque des futurs travaux de la conférence de paix. La délégation allemande, quoique en majorité protestante, était de loin la plus nombreuse à l'église des pères capucins du monastère della Madonna del Sasso, érigé sur les hauteurs de Locarno. Le mot « PAX » inscrit sur son fronton brillait dans la nuit comme une exhortation céleste. De là-haut, le lac ressemblait à un diamant noir dans son écrin de velours sombre.

Ils ont vu Lord Chamberlain arriver avec son épouse. Les Allemands réprouvaient en secret cette façon de mêler ainsi la vie privée à une conférence de la première importance. Aussi, voir le couple Chamberlain débarquer d'une Rolls-Royce d'un rouge vif en plaisantant : « C'est la seule Rolls que l'agence de location ait pu trouver, elle appartenait autrefois à un maharadjah… Amusant, n'est-il pas ? » n'a fait que les assurer du léger manque de sérieux de l'aristocrate anglais.

Dans un nuage d'encens, la bénédiction commençait par la lecture du livre de l'Ecclésiaste : « il y a un temps pour la guerre et un temps pour la paix… ».

Une nouvelle question tire Stresemann de ses pensées :

– Monsieur le ministre, hier à Berlin, le commissaire soviétique Tchitcherine a affirmé que Locarno était l'œuvre de l'Angleterre, qui chercherait à se servir du pacte de sécurité et de la Société des Nations pour prendre l'Allemagne à sa remorque et la détourner de la Russie. Le traité germano-russe de Rapallo est-il enterré ?

Ah, Rapallo… Il se doutait que cette question serait posée. Il y est préparé. Bien sûr, le traité signé en 1922 entre l'Allemagne vaincue et la Russie désormais soviétique, les deux pays mis au ban de l'Europe, inquiète. Les Alliés redoutent une clause secrète de coopération militaire destinée à contourner le désarmement allemand prévu par le traité de Versailles. Et ils ont bien raison : c'était le but sous-jacent de l'accord signé à Rapallo. Un pays ne peut pas rester sans défense ; il faudrait être fou…

Bien sûr, Stresemann dément avec énergie et déjoue habilement le piège. Mais les manœuvres de Tchitcherine pour faire échouer la conférence de Locarno l'inquiètent. L'avant-veille, il embobinait son homologue polonais à Varsovie, hier il se faisait mousser à Berlin, et partout il répand dans la presse des rumeurs fielleuses.

Les questions des journalistes se succèdent. Stresemann répond avec adresse, en virtuose de l'art oratoire. Il s'indigne, il cajole, explique simplement, glisse une confidence ou une plaisanterie. Après un brillant début de carrière dans le syndicat des fabricants de chocolat, plus de vingt ans de mandats politiques, comme député, ministre ou chancelier, l'ont rompu à cet exercice.

Des murmures d'approbation parcourent l'assistance. Auprès de la presse étrangère, l'impression semble favorable. Stresemann est une bonne source, on en redemande. Quelqu'un chuchote :

– Pourvu qu'on ne l'assassine pas.

Au fond de la salle, Otto Kiep observe les journalistes. Le chef du service de presse à la Chancellerie adore laisser traîner ses oreilles, humer l'ambiance. Cet Allemand élevé en Écosse se délecte d'une conversation entre un journaliste anglais et son confrère allemand, tous deux correspondants auprès de la Société des Nations à Genève.

– Heinrich, *old chap*, la présence du chancelier en personne à la conférence est étonnante, n'est-ce pas ? Il n'y a pas d'autres chefs de gouvernement, ni Baldwin ni Painlevé ne sont présents.

– C'est un peu compliqué à Berlin, cher Edward. Luther est obligé de louvoyer entre les conservateurs de son gouvernement, appuyés par notre vieux président Hindenburg, qui restent réticents à l'idée d'un pacte, et les partisans d'un apaisement, en premier lieu Stresemann, dont le parti de centre droit, la Deutsche Volkspartei, est indispensable à la coalition. Les conservateurs veulent faire partir Stresemann : son appel, en 1923, en faveur d'une coopération franco-allemande avec, à la clé, une renonciation à l'Alsace-Lorraine leur reste en travers de la gorge. Mais les conservateurs souhaitent en même temps garder le cabinet Luther, où ils ont placé trois ministres à eux. Les journaux nationalistes ont pour consigne d'insister sur les manifestations contre le pacte, afin de le faire échouer et de faire tomber Stresemann. Bref, si Luther a tenu à venir lui-même à la conférence, c'est pour ne pas laisser à Stresemann la vedette. Et pour sauver son gouvernement.

– *Interesting, indeed*... Donc, toute la question, si je vous suis bien, est : Luther est-il là pour faire réussir le pacte ou pour le faire échouer ?

– Edward, vous êtes incorrigible…

– Suspense… On prend les paris ?

– Bien vu, ne trouvez-vous pas ? dit une voix derrière Otto Kiep.

Un homme de belle allure, net, moulé dans un complet gris impeccable, lui serre la main avec une sorte de franchise d'officier.

– *Ach*, cher Oswald, quel plaisir de vous voir ici ! Allez donc saluer Stresemann après la conférence de presse, il sera heureux de connaître votre impression.

– C'est bien mon intention, répond Oswald Hesnard dans un allemand parfait.

Le discret chef du service d'information de l'ambassade de France à Berlin est bien plus que l'interprète de la délégation française à Locarno. Cet agrégé d'allemand, après avoir passé la guerre à l'ambassade française en Suisse à analyser la presse allemande, vit depuis la fin du conflit à Berlin, où il connaît tout ce qui compte en politique. Quelque chose de dur et d'habile, de supérieur aussi, émane de lui. Kiep n'ignore pas que Hesnard est écouté à la fois d'Aristide Briand et de Gustav Stresemann. Une éminence grise à ne pas négliger.

Journal de Louise, dimanche 4 octobre

J'ai installé la colombe sur ma table. Son aile froissée tremble légèrement. Elle m'observe de son œil rond par-dessus le bord du panier. Je crois qu'elle s'habitue à moi.

De ma fenêtre, j'aperçois les toits éclairés par la lune et, par-delà, je devine la masse sombre du lac et des montagnes. La nuit ravive mon remords. Je pense à Jean. C'est la première fois que je le laisse pour si longtemps.

Lilli m'a dit : « Lâche un peu le petit, il a dix ans, tu vas l'étouffer avec ton amour exclusif. » Bien sûr, elle avait raison. Elle lui a trouvé un home pour enfants pas comme les autres. Un grand chalet à flanc de montagne, un jardin potager, des arbres fruitiers, une balançoire, un personnel attentionné. Il s'y est tout de suite senti bien. Il a couru, sans se retourner, vers l'âne, le chien, les poules. Il a toujours aimé les animaux : pas besoin de leur parler pour se faire comprendre.

Lilli a tout organisé pour que je ne puisse pas refuser la proposition du *Courrier de Genève* : remplacer au pied levé leur correspondant, malade, pour couvrir la conférence de paix à Locarno. Elle a trouvé pour moi cette chambre chez une de ses amies et tous les arguments pour me convaincre. « Un ravissant village de pêcheurs juste à côté de Locarno : Ascona. Un lieu inspiré, tu verras. Et puis, il faut que tu y sois, avec l'histoire qui est la tienne, Louise, et tous nos rêves de paix, qui vont peut-être enfin se réaliser lors de cette conférence. »

Toutes ces années à suivre les déclarations de paix à la tribune de la Société des Nations. La SDN, je l'ai vue éclore fin 1920 à Genève. Un immense espoir est né alors. Un espoir que le dialogue en finisse avec la guerre, avec la haine entretenue entre les peuples.

La haine, je la connais, elle m'a chassée de chez moi. À l'automne 1914 à Paris, il valait mieux ne pas porter l'enfant d'un Allemand…

Peut-être, si j'apprivoise la colombe, je l'amènerai à Jean. Il saura l'aimer. Puis nous la relâcherons.

Si Lilli est un mélange étonnant de bohème et de rigueur hanséatique, alors que dire de son amie qui me loge à Ascona ? Je l'ai tout de suite aimée. Un regard intelligent qui vous vrille. Une élégance sans façons avec son turban gris noué sur ses cheveux blancs, un manteau de soirée râpé jeté sur ses épaules.

« Je suis la baronne de Werefkin… » Dans un français presque parfait roulant les « r » à la russe, elle s'est présentée et m'a invitée à entrer. Des murs couverts de ses tableaux, des toiles habitées d'émotions intenses, presque insensées. Montagnes géantes incendiées de rouge et cieux plombés dessinent un univers menaçant, bancal, au bord du précipice. Au milieu errent des personnages fantomatiques, tout un monde tordu de douleur, aux lignes sinueuses et aux couleurs criardes, ou empli d'élan mystique, de cris muets et de silences assourdissants, montrant un enfer jamais loin.

La baronne guettait ma réaction, la moue bravache. J'en étais abasourdie, sans voix. Jamais je n'avais rien vu de tel. Chacun de ses mots s'est gravé en moi : « Un jour, on voit le monde avec d'autres yeux, des yeux voyants. Cela vient quand on ne se pense plus le nombril du monde, mais poussière entre les poussières. »

Jadis, dans sa jeunesse, on l'appelait « la nouvelle Rembrandt russe ». Mais la vie est capricieuse. À présent, elle aquarelle des cartes postales pour les touristes ; elle préfère garder ses toiles plutôt que les vendre à n'importe qui.

Elle m'a accompagnée jusqu'à ma chambre, qui est petite et mansardée, mais très propre et avec une jolie vue. Un pastel figurant un ange aux yeux jaunes, des yeux de chat, est accroché au mur. J'espère qu'il n'effraiera pas l'oiseau.

La baronne de Werefkin a caressé doucement la colombe, qui s'est laissé faire. « Le chant des oiseaux est sacré et la peinture doit redevenir aussi énigmatique que leur langage », m'a-t-elle encore dit.

Au soir, elle a allumé le samovar et a gagné son atelier. Une cafetière m'attendait dans la cuisine. Je n'ai pas osé l'interrompre pendant qu'elle peignait et marmonnait. À l'entrée de son atelier, j'ai remarqué deux petits cartons sur lesquels elle a tracé, en français : « Je prie la vie de ne point me déranger » et « Tout art est un sentiment recueilli d'amour ».

Cette femme me touche infiniment. Elle a sans doute beaucoup aimé et beaucoup souffert. Elle s'est réfugiée dans son art. Nous créons tous nos propres refuges lorsque la vie nous blesse.

Quand je suis retournée en fin d'après-midi à Ascona, Marianne von Werefkin était attablée à l'un des cafés du port qui laissent entrevoir le lac derrière un rideau d'arbres. Devant un verre de vin, elle discutait avec allégresse avec un pêcheur, un vigneron et une lavandière, qui l'appelaient affectueusement Nonna, « grand-mère ». Ensemble, ils buvaient, ils plaisantaient. Ces paysans italiens ont des manières si polies qu'on dirait presque des hommes et des femmes du monde.

Nous sommes rentrées chez elle bras dessus, bras dessous. Elle m'a dit : « Ma petite Lou… puis-je vous appeler ainsi ? Et appelez-moi Marianne, de grâce… ma petite Lou, travaillez bien pour la paix. Les hommes aiment tellement faire la guerre, elle leur évite de penser. Ils croient que la guerre les rend puissants. Ils s'aperçoivent toujours trop tard que la guerre va tout leur prendre. »

À ces mots, j'ai dû faire une drôle de mimique, entre rire et larmes, car elle a murmuré : « L'amour reviendra, il suffit de regarder, petit oiseau blessé guérira. »

Dimanche 4 octobre, soir

Le soir descend avec grâce sur le lac Majeur, améthyste enchâssée dans la roche violette. Des vaguelettes viennent mourir sur le rivage en minces corolles d'écume. Rumeur de l'eau vive comme un tissu qu'on froisse, comme un souffle feutré, comme l'écho lointain d'étoiles en chute.

Deux hommes se tiennent sur le rivage. Le premier, mince et souple, cheveux noir corbeau plaqués, reste en retrait, dans une attitude de déférence envers son aîné, celui-ci un peu voûté, tignasse grise ébouriffée, mégot au coin de la bouche. Silhouette reconnaissable entre toutes, Aristide Briand hume l'air lacustre et sourit sous son épaisse moustache. Il observe une barque bleue qui accoste dans un clapotis d'eau verte presque noire. Un pêcheur décharge ses nasses sur le quai. Soubresauts des poissons aux écailles argentées dans les filets. Il s'approche du pêcheur, cligne des yeux.

Il désirait être marin, avant que ses parents ne l'en dissuadent. Eux voulaient qu'il les aide au café, un beau beuglant à Saint-Nazaire, musique et flonflons tous les soirs. Quel long parcours depuis son enfance, lorsqu'il admirait les bricks et les goélettes amarrés à quai, qu'il respirait l'odeur des épices entre les caisses déchargées… Après le lycée de Nantes, le petit boursier a fait son droit et son chemin dans le monde : avocat, député, ministre, président du Conseil, il est parvenu tout en haut. Mais toujours il pense à la mer, à son modeste voilier, qui l'attend chez lui pour des virées en solitaire. La mer lui a appris la patience, lui a donné l'habitude de voir près et loin à la fois.

Il se tourne vers son compagnon.

– Voyez-vous, Leger, parfois je me dis que je devrais arrêter tout ça, de vouloir m'occuper à faire la paix malgré des gens qui ne pensent qu'à se battre, que je suis fou. Je devrais prendre ma retraite à Cocherel, filer sur ma barque et aller pêcher… Vieux matelot, je connais bien la mer : mieux vaut se faire porter par le flot que de lutter et se noyer…

Leger se sent flatté par les confidences de son patron. Il aime à lui rappeler pourquoi il l'a distingué, lui, le jeune diplomate sans le sou, pour être son directeur de cabinet au ministère des Affaires étrangères.

– Vous souvenez-vous, monsieur le ministre, de la traversée en paquebot qui nous menait à la conférence de Washington il y a quatre ans ? Berthelot m'a alors présenté à vous : « Voici un jeune poète, a-t-il dit, un Français des Amériques, qui revient de l'ambassade à Pékin. » Vous étiez accoudé au bastingage du *La Fayette*, cheveux au vent. Sur le transat à côté de vous, il y avait un roman de Conan Doyle et les souvenirs de Ludendorff. J'ai admiré l'éclectisme de vos lectures… Vous m'avez simplement demandé : « Aimez-vous la mer ? »

– J'ai tout de suite senti en vous un navigateur, mon cher Leger, un homme de larges horizons, et cela m'a plu. La politique est parfois une course en solitaire, mais on a besoin de bons marins. Vous ne regrettez pas de délaisser la muse pour les mémorandums et les pactes ?

– Certes non, monsieur le ministre. Loin de s'opposer, la poésie et l'action, j'en suis convaincu, s'ensemencent l'une l'autre. C'est vous qui me l'avez appris : la vision sans l'action est stérile. Et l'action sans imagination ne mène pas loin. Auprès de vous, jamais je n'ai aussi bien compris l'universalité de la vocation française. Vous savez souffler de grandes anticipations au peuple.

– C'est sûr que l'on conduit les hommes par l'imagination plus que par la raison. Mais modérez vos éloges, répond Briand en riant, car la grande vision de paix qui nous anime ici pourra-t-elle s'incarner ? Nous en sommes encore bien loin et il me reste si peu de temps… Non, ne protestez pas, Leger, si je suis encore solide pour mon âge, je ne suis pas éternel. Et faire changer les mentalités, passer d'un nationalisme cocardier au « désarmement moral », comme disent vos amis de la *NRF*, cela prendra du temps, beaucoup de temps, peut-être même une génération. Je n'y serai plus. Je vais avoir besoin de vous, Leger. De votre vue perçante de navigateur en haute mer. D'ailleurs, n'avez-vous pas navigué dans le Pacifique ? Prémonitoire pour faire la paix… Oui, j'ai besoin de vous.

Alexis Leger remercie Briand et l'assure de sa totale fidélité, en y associant prudemment Philippe Berthelot, le puissant secrétaire général du Quai d'Orsay.

– Ah, notre cher Berthelot ! s'exclame Briand. Berthelot est indispensable, mais il reste un indécrottable sceptique. Il ne croit pas à l'entente franco-allemande au sein d'une Europe unie. Vous, si. Vous êtes capable d'imaginer cela, cette vision grandiose, exigeante, seule susceptible d'apporter la paix, une paix durable, à notre vieille Europe. C'est peut-être un rêve, mais, ensemble, nous irons le plus loin possible pour tenter de l'accomplir. Au moins en aurons-nous semé les graines…

Ils se taisent. Leger savoure les paroles du ministre. Il songe avec amusement au caractère prémonitoire d'« Amitié du Prince », ce poème qu'il a écrit lors de ses années chinoises et a donné à publier l'année précédente. « Aux soirs de grande sécheresse sur la terre, nous deviserons des choses de l'esprit… [...] Hâte-toi ! je t'attends !… »

Cette rencontre tant désirée, idéalisée, entre le Prince et l'ami poète, la voici réalisée. Oui, il a trouvé le Prince de haute frondaison qu'il appelait de ses vœux. Ce qui le fascine chez Aristide Briand, c'est sa grande liberté. Il improvise, avec discernement et sans jamais se départir de sa justesse de ton. Il est comme un magicien au charme puissant. L'un des rares hommes que Leger admire vraiment. Curieux homme, au demeurant, paradoxe vivant, mêlant rêverie et action, simplicité et subtilité, sociabilité et goût pour la solitude, légèreté apparente et profondeur de l'analyse. Les hommes pétris de contradictions sont les plus intéressants, les plus créatifs, ceux qui poussent leur barque le plus loin et osent des paris fous. C'est justement parce qu'il est inclassable que Leger s'est pris d'affection pour son patron.

Briand de son côté laisse vagabonder son esprit sur la surface miroitante de l'eau.

– Voyez-vous, Leger, la France a payé cher sa victoire. Un million et demi de morts en quatre ans… D'innombrables invalides. Notre jeunesse sacrifiée. Une large partie de notre territoire dévastée. Notre industrie à genoux. Nous sommes ruinés, et notre État est endetté jusqu'au cou. Mais surtout, surtout…

Il s'interrompt, sort un grand mouchoir à carreaux, se mouche et remet le tissu dans sa poche.

– … surtout, l'esprit de haine sévit encore largement. Il fut un mal nécessaire pour battre l'ennemi. Il faut de la haine pour tuer ; la fraternisation n'a pas sa place en temps de guerre, on me l'a bien fait sentir en 1917 lors des premières tentatives de paix. Mais, depuis la fin de la guerre, ce sentiment n'a pas fléchi. La haine des boches reste notre union sacrée. C'est un poison qui nous rend aveugles et maladroits. Nous voulons le beurre et l'argent du beurre. Nous voulons une Allemagne faible et désarmée, mais aussi qu'elle paie le prix fort pour notre reconstruction. Quant au traité de Versailles, ne m'en parlez pas ! Il n'a su créer qu'une paix en trompe-l'œil, inaboutie. Que de conférences se sont succédé depuis pour tenter d'arrondir les angles : San Remo, Washington, Cannes, Gênes, Londres… Alors, en 1920, pour forcer les Allemands à respecter le traité, on occupe cinq villes. Puis, en 1923, nouveau gage : on occupe la Ruhr, l'assiette au beurre allemande, pour nous servir en nature sur leur production d'acier et de charbon. Les Allemands résistent, puis cèdent, acculés par l'hyperinflation et l'effondrement économique. Nous resserrons l'étreinte, avec la jouissance du nain qui garrotte le géant à terre.

– Et les Anglo-Saxons nous désapprouvent, remarque Leger, qui ont besoin du vaste marché allemand pour écouler leurs produits. Nous voilà isolés.

Ils gardent le silence. Tout autour du lac émeraude, les montagnes se dressent en sentinelle, écrans successifs de bleus en camaïeu. Puis Briand reprend d'une voix basse, comme s'il se parlait à lui-même :

– On me voit en rêveur de la paix, mais c'est faux, je ne suis pas un rêveur. Je pèse, je soupèse, je prévois les coups.

Il fait quelques pas et prend une grande inspiration, face au lac.

– La conférence qui s'ouvre demain sera cruciale. Il ne faut pas laisser filer la paix. Entre la France et l'Allemagne, il n'est pas d'autre alternative : l'amitié ou la guerre. Parier que la paix est possible, c'est le moindre risque. Les germes de la revanche semés dans une nation finissent toujours par lever dans une tempête, or nous sommes quarante millions de Français face à plus de soixante millions d'Allemands…

Un oiseau crie dans le ciel, zigzag noir sur l'émail azuré. Le vieil homme lisse sa moustache et murmure :

– Il faut influencer à temps l'orientation du peuple allemand. Repoussons l'amitié et l'on aura la guerre, tôt ou tard. Et, cette fois, elle sera plus féroce encore. Et nous la perdrons.

Lundi 5 octobre, matin

L'Action française :

L'OUVERTURE DE LOCARNO
par Jacques BAINVILLE

La conférence de Locarno s'ouvre dans des conditions singulièrement favorables : tout le monde en désire le succès [...] Seulement ce n'est pas pour les mêmes raisons.

[...]

On tend la main à l'Allemagne. Peu importe que cette main soit prise par Hindenburg. La seule difficulté consiste à garder ce qui reste du traité de Versailles et à ne pas abandonner la Pologne et la Tchéco-Slovaquie, ou à faire semblant d'obtenir ces deux résultats.

[...]

Quant à M. Stresemann, il a la certitude [...] que le pacte achèvera de décomposer le traité de Versailles.

> […] Comment les Alliés pourraient-ils se réconcilier avec l'Allemagne, maintenir le postulat moral de ce traité, la culpabilité [de l'Allemagne] de 1914, et tout ce qui en découle, l'occupation militaire en premier lieu ? […]
>
> L'agitation de Tchitcherine aide encore M. Stresemann qui pourra dire que, si le pacte échoue faute de concessions suffisantes à l'Allemagne, il lui reste la Russie. […] La conférence de Locarno est la plus belle opportunité qui se soit offerte aux Allemands depuis la guerre. Il faudrait qu'ils fussent encore plus maladroits que ne le veut leur nature […] pour qu'ils parvinssent à la gâcher.

Il repose la pile de journaux à côté de lui sur la banquette de la voiture. Tous ces articles le fatiguent déjà. Une folle envie de grand large le saisit, un désir de solitude par-dessus les flots, d'un horizon sans fin sous un ciel de traîne. Ah, se dissoudre parmi les grandes masses d'eau et d'air, décamper, prendre la poudre d'escampette, filer à l'anglaise, n'en déplaise à Chamberlain… Ôter ses souliers fins et enfiler de gros godillots… « Aristide ! Viens voir le steam-yacht, il est arrivé au port hier soir… » Il se revoit sortir du lycée en trombe, avec l'ami Fernand, leurs cartables battant leurs flancs. Ils s'élancent vers le quai. Le large estuaire de la Loire se noie dans la brume. Toutes les nuances de gris se déploient sous leurs yeux. Oui, c'est bien le steam-yacht de M. Jules Verne au bout de la jetée. Des goélands cendrés crient au-dessus d'eux…

Le rêve d'Aristide Briand aura duré trois secondes. Le voici arrivé au palais de justice, le Pretorio. Un drapeau suisse, croix blanche sur fond rouge, se découpe sur le bleu du ciel au-dessus de la bâtisse.

Il s'apprête à gravir les marches quand il entend :

– Monsieur Briand !

Un homme, jeune encore, conduit par sa femme, les yeux sans vie derrière des lunettes fumées, le corps sans bras, la démarche pénible, lui dit d'une voix tremblante :

– Monsieur, ne vous laissez pas arrêter dans votre œuvre. Nous sommes cinq millions de mutilés en Europe. En leur nom, moi, aveugle et sans bras, moi, débris humain, j'ai fait le chemin depuis Nice pour vous dire : continuez, continuez, nos cœurs sont avec vous.

La voix de l'invalide se brise. Sa femme essuie une larme. À côté d'eux, un borgne de haute taille sollicite à son tour l'attention du ministre :

– Avec mes camarades de la Fédération nationale des combattants républicains et tous les anciens combattants qui ont souffert de la guerre, nous n'avons qu'un vœu, ardent : la réconciliation et la paix entre la France et l'Allemagne.

– Mes amis, répond Briand, merci pour vos paroles. Je suis de tout cœur avec vous et vos camarades, et je ferai, croyez-moi, tout mon possible pour assurer la paix.

L'air grave, il monte lentement les marches entre deux haies de journalistes et de photographes, sa canne à la main, les salue en soulevant son chapeau melon. Alexis Leger le suit comme son ombre, sa serviette serrée sous le bras.

Dans la grand-chambre est installée une vaste table carrée. Autour, seulement des hommes, visages graves, avec trop de morts dans les yeux, trop de jeunes fantômes sur les épaules. On s'épie, on se regarde, on se découvre.

Français et Allemands se font face ; entre eux, les Anglais, les Belges et les Italiens. Un seul chef de gouvernement, Luther, le chancelier allemand. Et les cinq ministres des Affaires étrangères, Briand, Stresemann l'Allemand, Chamberlain l'Anglais, Vandervelde le Belge et Scialoja l'Italien.

Autour et derrière eux, les conseillers, diplomates et juristes, une trentaine de personnes au total. Philippe Berthelot, qui n'oublie jamais son rang de secrétaire général du Quai d'Orsay, s'assied avec assurance à la droite de Briand ; il sourit comme toujours d'un air dégagé et supérieur. À sa gauche, Henri Fromageot, la soixantaine affable, le jurisconsulte de la délégation qui participa déjà à la négociation du traité de Versailles et a préparé les projets d'accords avec ses homologues allemand et anglais. À côté, Alexis Leger. Derrière, René Massigli, secrétaire de la délégation française, semble embarrassé de sa haute taille et de ses épaisses lunettes de normalien agrégé d'histoire.

Oswald Hesnard, assis juste derrière Briand comme tout interprète qui se respecte, lui souffle à l'oreille :

– Vous voyez, à côté de Stresemann, le grand à la morgue de junker prussien ? C'est Carl von Schubert, le secrétaire d'État aux Affaires étrangères. Sa maison sur la Margaretenstrasse à Berlin est l'un des points de ralliement de la meilleure société du Reich. Et là, à la droite du chancelier, le chauve à la mine austère, c'est Franz Kempner, l'indispensable secrétaire d'État à la Chancellerie. Rien ne lui échappe, à celui-là : il est à la fois l'homme lige de Luther et très lié à Stresemann…

Hesnard a bien sûr passé des notes au ministre sur les membres de la délégation allemande, leurs biographies et leurs objectifs de négociation. Mais les notes, Briand ne les lit guère. Il préfère se fier à son instinct, se faire son opinion lui-même, sur le motif. Il a pris un air distrait sous la fumée de sa cigarette quand Berthelot a entrepris de lui résumer la carrière des deux Berlinois, un duo redoutable. En réalité, il a suivi avec attention, en 1923, les efforts de Stresemann, alors chancelier, et de Luther, son ministre des Finances, pour sortir l'Allemagne de l'hyperinflation. À eux deux, ils ont réussi en peu de temps à la stopper en créant une nouvelle monnaie, le Rentenmark. Des têtes, du sang-froid, du savoir-faire. Des hommes devant louvoyer sous la double menace des ultranationalistes et d'une puissante vague révolutionnaire.

Mais en découvrant Luther et Stresemann en face de lui, là, en chair et en os, Briand a un moment d'effroi. Sa première impression est désastreuse. Deux caricatures de Prussiens, crâne lisse, nuque raide dans le col cassé, le veston repassé du matin et la chemise craquant d'amidon, comme cuirassés de principes. Ô misère, voilà les hommes à apprivoiser, avec lesquels il faudra écrire l'Histoire. Il les observe donc, ces deux hommes, pour les jauger, les flairer, comme le ferait un paysan à la foire aux bestiaux.

Luther d'abord. Des dossiers sont étalés devant lui. Il croit aux mots écrits et aux chiffres, cet homme. C'est un hypercompétent, un juriste. Il veut être précis, exact, tout dire dans le moindre détail. Il prépare un pensum, c'est sûr. Son visage concentré exprime en même temps un orgueil blessé, une sorte de boule d'énergie, de rage comprimée. Ça sent l'humiliation du vaincu.

Stresemann, lui, est particulièrement impressionnant. Un bloc de granit au torse massif et au cou de taureau. Et au milieu d'un visage large et luisant, des yeux bleu-gris exorbités. Comme Briand, un homme du peuple, fils d'un cabaretier et brasseur de bière d'un quartier populaire de Berlin. Tous deux se sont faits tout seuls, mais la ressemblance s'arrête là. Qu'a-t-il en commun, lui l'ancien militant anarchiste et socialiste, avec Stresemann, l'ancien monarchiste ? Certes, Briand a rallié un gouvernement bourgeois, au grand dam de son ami Jaurès, il a brisé une grève générale qu'il appelait de ses vœux vingt ans plus tôt, et il a dirigé le plus long gouvernement pendant la guerre, qu'il a menée sans tiédeur. Mais Stresemann, lui, n'a-t-il pas rallié la république qu'il honnissait et n'appelle-t-il pas de ses vœux un rapprochement avec la France ? Si, lors de l'occupation de la Ruhr, il a d'abord prêché l'insoumission, l'échec de la résistance passive lui a fait comprendre l'intérêt d'une entente avec la France – Briand a lu le discours de l'Allemand à ce sujet en septembre 1923. Un personnage complexe et très intelligent, à n'en pas douter. Sans doute Stresemann finasse-t-il, avec ses étranges yeux globuleux qui observent Briand intensément, mine de rien. Attendons qu'il parle, qu'il se dévoile par la voix. On le dit éloquent, mais comment l'éloquence, qui demande de la subtilité, peut-elle surgir de cette montagne de chair ? Et par quel bout l'aborder ?

Un petit homme maigre prend la parole, dans un français à l'accent chantant d'un Suisse italophone. C'est Rusca, le maire de Locarno, qui semble un peu ému de se retrouver parmi cette assemblée. Il leur souhaite la bienvenue et quitte la pièce en s'inclinant.

Sir Austen Chamberlain tousse légèrement. Il a un visage admirable, régulier, le teint frais, l'œil bleu glacier, le cheveu impeccable. Il ajuste son monocle et, dans son français parfait de lord anglais, ouvre la conférence :

– Permettez, puisque vous m'y avez invité amicalement, que je prenne l'initiative. Mon souhait est que ces conversations entre nous conservent si possible un caractère libre et informel. J'aimerais proposer que nous renoncions à nommer un président de nos séances et que nous soyons tous sur un pied d'égalité, toujours mus par notre objectif : la paix et la prospérité de l'Europe.

Luther, qui semble accorder beaucoup d'importance aux questions de forme, émet une proposition alternative, une présidence tournante, qui est repoussée par toutes les autres délégations. Il en est un peu marri. Il n'y aura pas de présidence ; on compte sur la bonne volonté de chacun pour que les discussions se déroulent selon les règles de la courtoisie et de manière constructive.

Puis Chamberlain sort de sa poche un projet de télégramme au gouvernement de la Suisse :

– « *Au moment d'entamer nos travaux, les ministres rassemblés à Locarno, représentant les gouvernements d'Allemagne, de Belgique, de France, de Grande-Bretagne et d'Italie, remercient vivement le président de la Confédération helvétique et les membres du Conseil fédéral pour leur hospitalité, qui contribue à une œuvre de pacification et de concorde internationale.* »

Ça ne mange pas de pain. Adopté.

Ces préliminaires réglés, Luther lève la main. Il parlera en allemand et Herr Schmidt sera son interprète. Il rappelle que son pays étant à l'origine de ces négociations, avec l'envoi, en février, d'un mémorandum de propositions pour un pacte rhénan, il estime logique de commencer cette conférence par l'exposé du point de vue allemand. Toujours directs, les Allemands. Accepté.

C'est avec une mine d'enterrement que le chancelier débite son laïus. Dans un phrasé rythmé comme une marche militaire, ponctué d'accents toniques ressemblant à des coups de massue, le docteur Luther, digne descendant de son illustre aïeul Martin, énumère les doléances de son pays. Il envoie l'artillerie lourde.

L'Allemagne est exsangue, amputée de quatre millions d'hommes morts au combat ou invalides et de sept millions d'habitants des territoires perdus, sans compter les sept cent mille civils morts de faim avant la levée du blocus continental l'été 1919, les réparations trop lourdes, l'hyperinflation qui a ruiné les Allemands, la misère, le chômage, la mortalité infantile qui grimpe en flèche, cinq mille sans-abri rien qu'à Berlin.

Certes, le plan Dawes, à la négociation duquel il a participé l'an dernier, a commencé à alléger le fardeau des réparations. Certes, les Français ont enfin évacué la Ruhr en juillet, ainsi que les ports du Rhin, Duisburg, Düsseldorf et Ruhrort, en août. Mais une partie du territoire allemand reste occupé, dont Cologne, où les conditions de vie empirent, comme en a récemment alerté son maire, Herr Adenauer. Lui-même, ancien maire d'Essen, sait la misère dans laquelle sont plongés les territoires occupés et le ressentiment de leur population à l'encontre des troupes d'occupation alliées.

Là, sa voix se met à trembler, il marque une pause.

Mais le pire, reprend-il, n'est pas matériel, le plus terrible est le jugement moral à l'encontre du peuple allemand, la question de la culpabilité. L'article 231 du traité de Versailles, qui déclare l'Allemagne unique responsable du déclenchement de la guerre, reste en travers de la gorge de tous ses compatriotes. Désigner l'ensemble d'une nation comme criminel est un acte sans équivalent dans l'histoire du monde. D'autant que l'Allemagne a rejeté l'Empire et instauré une république. Mais cela, les Alliés ne veulent pas l'entendre. Chaque Allemand est accusé d'être mauvais, simplement parce qu'il est allemand. Cette question morale de la culpabilité empoisonne la société allemande, nourrit le désespoir, les discours de haine, fait régner un climat de terreur.

Sur les six millions de soldats revenus de la guerre, quelque trois cent mille ne se sont pas démobilisés et ont rejoint, avec leurs armes, les corps francs ultra-nationalistes. Ils fomentent des putschs, comme à Munich, assassinent les hommes politiques comme Erzberger, le signataire de l'armistice, et Rathenau, alors ministre des Affaires étrangères. La démocratie est prise en tenaille entre les ultra-nationalistes et les révolutionnaires spartakistes et communistes. Il y a même, ajoute le docteur Luther, un groupuscule qui se prétend les deux, à la fois national et socialiste, mené par un ancien caporal, putschiste fou furieux.

En juriste consciencieux, le chancelier énumère en détail tous les griefs : les souffrances du peuple allemand, les ennemis de la république de Weimar, les contraintes qui pèsent sur le gouvernement. C'est une avalanche de faits et de chiffres. « C'est un torrent qui gronde, une symphonie de Bruckner, un opéra de Wagner, c'est *Le Crépuscule des dieux* », songe Briand en réprimant un bâillement. Hélas, ce Luther confirme que l'Allemagne est un pays rude, pas drôle, mais alors pas du tout ! Oswald Hesnard, qui les fréquente beaucoup depuis des années, lui a bien dit que les Allemands étaient « *masslos* » ; ils n'ont aucun sens de la mesure. Leur rêve, qu'il soit philosophique ou économique, ils le poursuivent avec furie et sans retenue.

Un grand froid a saisi l'assemblée. Chamberlain considère Luther de son regard de prince blasé, un sourcil légèrement relevé. L'air consterné de Stresemann, dont un doigt tapote la table, n'a pas échappé au ministre français. Il y a un coin à enfoncer entre les deux Prussiens.

Alors Briand lance, sur un ton badin :

– Ne continuez pas, monsieur le chancelier, vous allez tous nous faire pleurer.

Luther s'arrête net, cramoisi.

Stresemann, croisant le regard de Briand, éclate soudain d'un rire énorme. Un rire chaleureux, sans fard, qui révèle des dents du bonheur et soulève la carapace qui le protégeait.

Briand le voit rire, et ce rire lui fait saisir sa matière humaine, l'enfant qu'il fut, l'homme qu'il est devenu, lui fait comprendre de quels rêves, de quels désirs, de quels tourments il est tissé. Stresemann a fendu l'armure et s'est laissé découvrir, avant même de parler. Cela plaît à Briand. La falaise abrite donc un cœur. Ça palpite au-dedans. Avec un tel homme, on peut échanger, chercher un terrain d'entente, mettre en confiance. L'atmosphère se détend d'un coup.

Une seule phrase et un rire ont lancé le mouvement. On va pouvoir commencer à écrire l'Histoire.

Lundi 5 octobre, toujours le matin

Pourtant, en entrant dans la salle de conférences, quelle déception est celle de Stresemann en découvrant le fameux Aristide Briand. Quoi ! Ce bonhomme à la tignasse mal peignée, à la veste pas bien ajustée, le mégot collé sous une épaisse moustache jaunie par la nicotine, ces paupières tombantes, c'est lui, Briand ? On dirait un pilier du Romanisches Café, le bistrot de la bohème berlinoise, où l'on croise des intellectuels et des artistes aux cheveux longs qui jouent aux échecs toute la journée en ne buvant qu'un café. Ce manque absolu d'allure, cet aspect broussailleux, fruste, anarchique, de vieux gavroche... Seules ses mains sont fines et déliées, des mains d'aristocrate ou d'artiste. Étonnant assemblage, incongru assurément. Est-ce là l'homme fort de la puissante France ? L'homme qui a éteint la querelle entre l'État et l'Église en 1905 ? Un homme qui fut plus de dix fois chef du gouvernement de la France et a dirigé le plus long gouvernement pendant la guerre ? Quel contraste avec Sir Austen Chamberlain, à l'air de noble patricien, et avec les diplomates qui l'entourent, à l'élégance parfaite. Même Vandervelde, le ministre socialiste belge, a plus de classe.

Mais voilà que Briand lance sa boutade : « Ne continuez pas, monsieur le chancelier, vous allez tous nous faire pleurer. » Et là, Stresemann comprend soudain. Sa finesse d'esprit, son intelligence désabusée des cœurs. Il l'observe. Voici un grand artiste de la politique, un homme profondément libre. Si libre qu'il peut se permettre d'être seulement un homme, sans les apparences de la dignité, ni les attributs du pouvoir. Un homme dans sa pleine humanité, un *Mensch*. C'est devenu si rare. Et cela lui plaît d'imaginer un dialogue de *Mensch* à *Mensch* avec cet homme-là. La route sera certes difficile, car on ne saurait sous-estimer un tel virtuose, qui jouera, à n'en pas douter, de son charme roublard de vieux chef gaulois avec maestria dans les négociations. Mais il aime à relever les défis.

Les pourparlers peuvent commencer. Un projet de pacte de sécurité a été préparé le mois précédent à Londres par les juristes, l'Allemand Friedrich Gaus, qui y travaille depuis 1923, le Français Henri Fromageot, vieux routier des traités diplomatiques, et l'Anglais Sir Cecil Hurst. Ils rivalisent d'austérité comme de finesse d'esprit.

Mais dès le préambule sur les objectifs du pacte, ça coince. Les Allemands ne peuvent pas accepter la formule « préserver le *statu quo* » des frontières. Ils ont certes renoncé à modifier les frontières par la force, mais n'y consentiront pas par voie d'accord. Aux juristes de trouver une autre formulation. On discute article par article, en restant sur ses gardes. Le chancelier, mal à l'aise depuis que Briand l'a coupé dans son élan, veut montrer qu'il reste le chef de la délégation. Il suggère quelques modifications, purement rédactionnelles. Si le gouvernement allemand désire ardemment signer ce pacte, il doit cependant faire attention à son opinion publique, qui sera prompte à lui reprocher de conclure des traités dans son dos.

Dès cette première séance, il est clair que les négociations vont se concentrer sur deux sujets.

Premier point, les frontières à l'est de l'Allemagne. Autant les Allemands n'ont d'autre choix que d'accepter les nouvelles frontières à l'ouest avec la France et la Belgique, quoique la renonciation à l'Alsace et la Lorraine fasse encore grincer des dents, autant ils ne se résignent pas aux nouvelles frontières orientales. Le traité de Versailles, qui n'a pas été négocié, mais leur a été imposé, a isolé la Prusse-Orientale du reste de l'Allemagne par un corridor polonais. Dantzig, peuplée presque uniquement d'Allemands, en a été détachée pour devenir une ville libre. Le rattachement d'une partie de la Haute-Silésie, où vivaient cent cinquante mille Allemands, à la Pologne s'est mal passé : attentats, expulsions brutales de populations allemandes, encore cet été.

Le second point névralgique, c'est, comme le fait remarquer Aristide Briand en tirant sur sa cigarette, l'entrée de l'Allemagne dans la Société des Nations : tant qu'elle est désarmée, elle n'est pas en mesure de se soumettre à toutes les obligations de la SDN.

En somme, les positions sont si éloignées qu'il faudrait un miracle pour s'accorder. Le silence se fait dans l'assemblée. Chacun rumine ses pensées. Les visages sont préoccupés. La première séance est levée. La partie de bras de fer sera rude. Rien n'est encore gagné.

Journal de Louise, mardi 6 octobre

Il faut que je l'écrive pour ne rien oublier. Je l'ai vu. Il était là, aussi vrai que je suis assise à la table. Je l'ai reconnu de loin. Il est arrivé par le sentier descendant de l'alpage, le pas souple, comme flottant sur l'herbe.

Un rayon oblique illumine ses cheveux blonds, qui brillent tel de l'or pur. Il porte un uniforme sans couleur précise ni insigne, un sac à dos en toile, qu'il dépose sur la terrasse du chalet. Il me prend dans ses bras et me soulève en riant. Et moi, si petite, comme une poupée entre ses bras ! Le monde autour de nous tournoie, chalet noir, sentiers verts, prés jaunes, montagnes bleues, soleil rouge, nuages violets. Le kaléidoscope tourne, tourne.

Nous nous asseyons sur le petit banc face à la vallée, notre vallée, bien décidés à ne plus lui tourner le dos, à ne plus jamais fuir à reculons. « Vois, c'est notre vallée… » Et entre nous se tient notre enfant, grandi si vite. Il a les cheveux d'or de son père et mes yeux noirs, « comme des boutons de bottine », disait-il. « Chante, papa, oui, chante », supplient les yeux de l'enfant. Alors la voix de Hans nous enveloppe d'une résille vibrante.

« *Ich habe genug… Ich habe den Heiland, das Hoffen der Frommen, auf meine begierigen Arme genommen…* »

L'aria de Bach se déploie sur la vallée, les pentes herbeuses, les cascades, et ricoche sur les rochers.

« *Ich habe genug! Ich hab' ihn erblickt. Mein Glaube hat Jesum ans Herze gedrückt…* »

Le souffle chaud de sa voix coiffe les pics, caresse les nuages.

« *Nun wünsch ich, noch heute mit Freuden von hinnen zu scheiden. Ich habe genug!* »

Déchirant, son chant brosse l'horizon de couleurs jamais vues. Puis la vision se brise en mille éclats. Le chant merveilleux s'est tu.

Je me suis réveillée, seule, les yeux baignés de larmes, le cœur battant, dans le lit défait. Un rayon de soleil oblique filtrait des rideaux qui ondulaient. La carriole du laitier cahotait sur les pavés. Une cloche tintait. Petit matin dans le Tessin.

J'ai gardé quelques instants les yeux fermés, puis ouvert le cahier pour conserver la vision de Hans et de Jean. Hans, Dieu seul sait où… et notre petit Jean, là-bas, si loin dans son monde…

J'ai laissé les souvenirs revenir. Écrire. Écrire pour défier le temps et survivre. Pour te faire vivre, Hans, avec ce secret espoir, ce fol espoir, que mes mots te feront revenir, tels de grands filets jetés dans l'envers oublié du monde.

Avril 1914. Il y a onze ans et déjà une éternité. Je me souviens des premiers bourgeons aux branches des marronniers de Paris. Penchée à la fenêtre, je recueillais la douceur du soleil, en rêvant de valse musette dans une guinguette en bord de Seine. Maman sifflotait sans cesse des airs du répertoire lyrique et savait créer d'étonnants chapeaux avec trois plumes et deux bouts de chiffon ;

elle était costumière à l'Opéra de Paris. Mon père venait nous voir de temps en temps en sortant de sa banque, dans son élégant costume gris, mais jamais le week-end. Nous étions sa deuxième famille. Maman semblait s'en accommoder, elle disait : « Il a sa vie, j'ai la mienne, on se voit quand on en a envie. » Moi, je n'étais reçue chez presque aucune de mes camarades de classe. Ne pas être comme les autres me rendait libre.

Mon père m'a offert un collier de perles pour mes dix-huit ans : « Te voilà jeune fille à marier, prête à faire ton entrée dans la société. » Était-il sérieux ? Me marier, alors qu'il n'avait pas mis la bague au doigt à maman ? Moi, je voulais étudier, avoir un métier, être indépendante. Maman me comprenait, mais elle ne l'exprimait pas ouvertement. Mon père souriait avec indulgence – je savais qu'il avait un faible pour moi, sa « jolie forte tête », comme il me surnommait. Parfois, il me regardait et me frôlait d'une drôle de façon, que je n'aimais pas. Devant mon air farouche, il lançait alors : « Après tout, pourquoi ma fille ne serait-elle pas savante ? Tu risques tout au plus de ne pas être mariable. » J'ai opté pour l'école normale d'institutrices. Je ne leur ai pas dit que, une fois le diplôme en poche, mon intention était de partir le plus loin possible, enseigner aux colonies, et, de là, devenir exploratrice, à Tombouctou ou aux îles Marquises.

Mais je n'en étais pas là, en ce printemps 1914, lorsqu'un matin, mes cahiers sous le bras, en montant l'escalier de l'immeuble, j'ai été bousculée par un jeune homme qui le descendait en courant. Mes cahiers ont dégringolé. Il les a ramassés et s'est excusé. Sa voix s'est gravée en moi, tout s'est illuminé, j'ai soudain eu envie de m'envoler par la fenêtre, par-dessus les marronniers du boulevard et les toits de Paris.

Ainsi, Hans est entré dans ma vie. Il venait d'emménager à l'étage du dessus. Jeune ténor de Dresde venu compléter son apprentissage au Conservatoire de Paris. Ses cheveux étaient pareils à des épis de chaume. Il sentait frais l'eau de Cologne. Il m'a demandé de l'aider à parfaire son français et proposé de m'apprendre à chanter. Notre relation était si confiante et joyeuse qu'elle me semblait une grande amitié. Plus tard, il me dira avoir éprouvé de même. Nous ne nous posions aucune question et passions de plus en plus de temps ensemble, sans nous cacher.

Maman est vite tombée sous son charme. Joyeux comme un enfant, il nous chantait des arias et des *lieder*. Je la sentais dubitative sur la nature de cette amitié. Elle disait à ses amies : « Loulou est transformée, elle rayonne. » Et les mauvaises langues allaient bon train, au point de nous faire rougir et douter. Nos regards ont changé. Ils étaient moins innocents, plus sensibles au désir qui grandissait. Nous avons fini par comprendre. Les mauvaises langues avaient raison.

Les regards et les paroles ne nous suffisaient plus. Nos corps se cherchaient. Désormais, nous nous cachions. Nous avons appris à mener une double vie. Avril, mai, juin, le printemps 14 fut notre épiphanie.

En juillet, Hans est rentré chez lui, à Dresde. Sa mère était malade. Il lui parlerait de nous, puis il reviendrait vite et nous nous marierions. Mais l'état de sa mère s'est aggravé. Le 2 août, il m'a écrit une dernière lettre, sa mère se portait mieux, il pourrait rentrer le lendemain. Trop tard. La guerre était déclarée et lui, enrôlé. Nos lettres ne passaient plus la frontière. Je ne pouvais plus que l'imaginer. La caserne, où on lui a donné un casque à pointe et un fusil à baïonnette. La foule en liesse qui a accompagné son régiment jusqu'à la gare. Le wagon, sur lequel une main avait tracé à la craie « *Nach Paris* ». Ses larmes de rage aussi, que je devinais. Non, ce n'était pas ainsi qu'il voulait revenir vers moi, pas avec cette meute de jeunes mâles assoiffés de sang et d'orages d'acier...

À Paris, c'étaient les mêmes scènes martiales. La haine contre les Prussiens scellait l'union sacrée. Je restais tapie à la maison, me bouchant les oreilles. Je ne pensais qu'à lui. Le pire était d'être sans nouvelles.

Son souvenir me hantait. La nuit, je sentais sa peau, son souffle. Mon ventre se nouait, s'agitait. Oui, je sentais mon ventre habité. Je souriais. Je n'étais plus seule désormais.

Mes parents étaient atterrés. « Quelle poisse cette guerre ! a dit maman. Il était bien gentil, ce Hans. » Mon père l'a rabrouée : « Mais comment, Léontine, as-tu pu la laisser fréquenter un boche, nom de Dieu ? » « Oh, ça va, Alphonse ! a-t-elle osé. Tu aurais entendu sa voix d'or... » Devant mon refus de faire passer l'enfant, comme disait mon père, la décision a été vite prise : je partirais pour Genève, en terrain neutre. Mon père me recommanderait à un ami banquier. Je pourrais accoucher en toute discrétion et revenir, la guerre terminée. Moi, j'espérais surtout que, depuis la Suisse, mes lettres parviendraient à Hans, qu'il m'y rejoindrait après la guerre. Peut-être pourrions-nous même nous marier avant la naissance de l'enfant. Car tout le monde pensait que la guerre serait courte.

À Genève, j'ai dit à l'ami de mon père que je voulais travailler et gagner ma vie : il m'a recommandée au Comité international de la Croix-Rouge, une petite association qui se développait vite. J'y ai été embauchée comme secrétaire. Il fallait exhorter les gouvernements à respecter les conventions internationales sur les blessés et les prisonniers, aider au recrutement de médecins et d'infirmières, car les nouvelles du front étaient alarmantes, on y mourait en masse. Je m'angoissais pour Hans.

C'est Lilli, une journaliste originaire de Hambourg, qui m'a accueillie. Elle portait d'amples robes sans corset, un feutre d'homme, avait le verbe haut et n'avait peur de personne. Elle voulait les mêmes droits pour les femmes que pour les hommes. Elle conspuait le militarisme. Son père était amiral dans la Kriegsmarine. Mais elle avait fui très jeune son milieu et exercé toutes sortes de métiers avant d'écrire dans les journaux et d'œuvrer à la Croix-Rouge. Lilli connaissait tout le monde à Genève.

On aurait dit que tous les pacifistes d'Europe s'étaient exilés en Suisse.

Côté allemand, il y avait les modérés autour d'Alfred Hermann Fried et les radicaux autour de Richard Grelling qui, dans son livre *J'accuse !*, rendait l'Allemagne responsable de la guerre.

Côté français, Lilli m'a présenté Romain Rolland, qui venait de publier, dans le *Journal de Genève*, son appel pour la paix, « Au-dessus de la mêlée ». Presque tous les journaux français ont traité le grand écrivain de traître. Mais il aimait la culture allemande, surtout la musique, et ne tarissait pas au sujet de Beethoven, Schubert, Schumann. Je lui ai parlé de mon fiancé allemand et il m'a offert son roman, *Jean-Christophe*. Ce personnage candide de musicien-né me rappelait un peu Hans.

Mais même si, à Genève, tout le monde était plus ou moins pour la paix, Français et Allemands restaient à distance, méfiants les uns envers les autres. J'ai essayé de naviguer entre les camps et de perfectionner mon allemand en prévision du retour de Hans.

Le jour, je travaillais intensément à la Croix-Rouge, et le soir, je lui écrivais. Dans l'une de mes lettres, je lui ai envoyé une photo de moi devant le lac, dans une robe chasuble laissant deviner mon ventre arrondi. Et j'attendais. J'attendais sa réponse, qui ne venait pas.

Le 28 mars 1915 est né notre petit Jean. Oui, le prénom francisé de Hans s'est imposé à moi. Je n'oublierai jamais l'instant où je l'ai accueilli dans mes bras et où j'ai senti son odeur incomparable de bébé. Il a mis du temps à crier, il était très paisible. La sage-femme l'a posé contre mon sein et je lui ai murmuré : « Bienvenue, Jean, dans un monde qui connaîtra bientôt la paix. »

Les lettres que j'adressais à Hans restaient sans réponse. Puis, un jour, j'ai reçu un paquet de Dresde. Dedans, toutes mes lettres, ficelées ensemble et accompagnées d'une petite carte avec ces mots terribles : « Mademoiselle, voici vos lettres. Veuillez cesser d'écrire à notre fils. Il doit combattre pour sa patrie contre les vôtres et vous oublier. » Pas un mot sur Jean, leur petit-fils. Je suis restée prostrée.

« Au moins, ils ne t'annoncent pas sa mort, a commenté Lilli, pragmatique, réjouis-toi, tu le retrouveras après la guerre. En attendant, travaillons pour l'abréger, cette satanée guerre. »

J'ai continué à écrire des lettres à Hans. Mais je ne les ai plus postées.

Mardi 6 octobre, à l'aube

Le lac étincelle sous la lune. Dans l'ombre des feuillages, des oiseaux invisibles lancent leurs trilles, leurs chants se répondent, les lignes mélodiques et rythmes alternent, *lazzi* et *pizzicati*, *allegro vivace*, *piano*, *crescendo*, *staccato*, *vibrato*. Leurs vocalises se font ardentes. Un sifflement retentit comme un appel joyeux – je suis là ! Un *glissando* du grave vers l'aigu se fait question pressante, répétée – viendras-tu ? Puis un doux gazouillis balbutie des préludes amoureux. Un grand souffle monte du lac et caresse les arbres.

Il écoute, émerveillé. Il aime ce moment précis de l'aube où éclate le concert des oiseaux. Enfant, il sortait pieds nus sur la galerie de bois de la maison à Pointe-à-Pitre, dans l'encre noire de la nuit, ensorcelée de chants primordiaux ; grelottant de fièvres paludéennes dans la chaleur naissante, il imaginait alors les conversations entre les oiseaux. Ô comme il a essayé de comprendre ce pur langage dont la beauté parfaite lui tirait des larmes… Il s'imaginait oiseau lui-même. Que n'a-t-il été tenté par l'envol ! Nounou, sortie de l'ombre, a dû bien des fois le rattraper, perché sur la balustrade. L'emportant dans ses puissants bras luisants, elle lui administrait de force la quinine, qu'il refusait tant il chérissait sa fièvre et son délire. Étrange enfant qu'il fut, formant les mots et les phrases comme des litanies de chants mélodieux qui approchent le mystère. Cet enfant-là ne l'a jamais quitté. Il reste tapi au plus profond de son âme.

À l'orée de chaque matin, il guette cette musique immémoriale d'une cérémonie païenne. Son cœur le pince. Il note sur son petit carnet noir des guirlandes de mots, des phrases surgissent de l'émotion. Il peut aller se recoucher une heure, heureux d'avoir célébré et moissonné avant qu'un nouveau jour se lève pour tous les hommes. Et pourtant, n'a-t-il pas annoncé qu'il renoncerait à la poésie tant qu'il se consacrerait à la diplomatie ? N'a-t-il pas interdit la publication de nouvelles éditions de ses œuvres ? N'a-t-il pas, ô fou, suivi sa résolution au point d'omettre de répondre au grand poète anglais, T. S. Eliot, son traducteur ?

Il sursaute. Un homme se tient là, sous les frondaisons obscures, et lui parle :

– C'est l'heure de sortie des laitiers et des poètes…

Un accent germanique. Il scrute la pénombre dans laquelle l'homme est dissimulé.

– Une heure exquise, vraiment… Je m'apprêtais à rentrer.

– Je me doutais que je vous trouverais ici – c'est toujours à cette heure que je vous croise. Ah, pardonnez-moi de ne pas m'être présenté : Hermann Knospe. Nous nous sommes rencontrés sur le pont supérieur du paquebot qui nous menait de Chine au Japon à la fin de l'année 1918.

Un souvenir remonte. Il revoit le paquebot glisser sur la mer parmi les cormorans.

– Ah oui… je me souviens, un jeune Allemand. Je ne peux pas encore distinguer les traits de votre visage, mais votre voix m'évoque un enfant rêveur, qui récitait de la poésie chinoise tout en professant une admiration éperdue pour les casques à pointe…

– Votre mémoire ne vous trahit pas.

– Je me souviens, en effet. Votre père était pasteur là-bas, ne m'aviez-vous pas dit ?

Éclat de rire grinçant. Au-dessus d'eux, dans les branches, les trilles et les gazouillis se sont tus. Seul un bruissement d'ailes, de plumes et de feuilles révèle encore la présence des oiseaux. Une très pâle lumière point à l'horizon, à l'arrière des montagnes.

– Oui, mon père était missionnaire en Chine, un saint homme… J'ai grandi à Tsingtao, puis à Pékin, jusqu'à ce que mes parents décident de m'envoyer faire des études dans notre pays, en Allemagne. Moi, j'avais seize ans et demi et mon rêve, votre souvenir est exact sur ce point, était de m'enrôler dans l'armée. Mais auparavant je désirais visiter le Japon, ce grand pays portant haut la vertu militaire. Si je me souviens bien, vous souhaitiez naviguer quelque temps entre le Japon et la Corée, puis rentrer en Europe par les îles du Pacifique et la Californie…

À l'évocation de sa navigation vers Samoa, Fidji, Tonga, Hawaï, Alexis Leger revoit l'océan à perte de vue. L'horizon si vaste qu'il lui semblait voir la courbure de la planète. Des îles pareilles à des chapelets de pierres précieuses posées sur l'immensité liquide. Et la voûte céleste à portée de main. Vertige de l'infini où que le regard porte. Il avait embarqué, malade, et l'océan, comme toujours, l'avait guéri, à croire que de l'eau de mer coulait dans son sang, à lui le créole.

– Lorsque j'ai accosté à Hambourg, poursuit Knospe, c'était la révolution. Nous venions de perdre la guerre sans comprendre pourquoi. Le Kaiser s'était enfui. Les marins se mutinaient. Les ouvriers hissaient le drapeau rouge sur les usines. Partout erraient des soldats démobilisés et humiliés par une défaite sans honneur. Des légions d'invalides arborant la croix de fer parsemaient les trottoirs. Le pays entier était dans la confusion. Au milieu de ce chaudron de sorcières, moi, je cherchais l'« Allemagne », ce mot mythique et mystérieux, patiné par les siècles. Oui, l'Allemagne que je ne connaissais que par les récits, mon Allemagne idéalisée, moi qui étais né au-dehors.

– Et l'avez-vous trouvée, l'Allemagne ?

Leger fait un pas de côté, mais n'arrive toujours pas à distinguer les traits de son interlocuteur.

– Oui, je l'ai trouvée. En poussant le lourd portail d'une école de cadets. Je l'ai trouvée dans l'amour de la patrie, la camaraderie des soldats et l'obéissance à nos officiers. J'ai appris à manier les armes et à mépriser ma peur. Devenir soldat m'a fait devenir allemand… Je dois vous dire que j'ai passé quelques années les armes à la main, dans un corps franc. J'ai suivi mon rêve. Comme il était trop tard pour la Grande Guerre, j'ai combattu les rouges dans les pays Baltes et les polacks en Haute-Silésie. Pour le châtiment d'un traître à la patrie, j'ai fini en prison. Là, j'ai décidé de poursuivre la lutte par la plume.

Leger l'interrompt :

– Somme toute, monsieur, songez-vous toujours à écrire ?

À nouveau ce rire nerveux et grinçant de Hermann Knospe.

– J'écris toujours, oui, mais plus de la poésie, c'est terminé. Je n'avais pas un grand talent, de toutes les manières. J'ai commencé par écrire pour des quotidiens patriotes, les *Alldeutsche Blätter* et le *Berliner Lokal-Anzeiger*. Et, depuis quelques mois, j'écris pour le *Völkischer Beobachter*, le journal du national-socialisme. Une nouvelle doctrine en laquelle je crois, la seule qui convient pour défendre l'Allemagne contre ses ennemis et pour restaurer sa grandeur. Je mets ma plume au service de ce combat.

Leger ne connaît pas cette nouvelle doctrine. « Voici donc un spécimen intéressant ; poursuivons un peu la conversation. »

Ils marchent le long du lac, qui blanchit d'une clarté croissante. Le monde reprend peu à peu ses couleurs. Les arbres se repeignent en vert, les barques en bleu. Une façade rose émerge de l'ombre. Des volets sont rabattus avec un bruit mat. Une lampe s'allume derrière la fenêtre. C'est un café. Il ouvre. Ils s'y installent, commandent un *caffè latte*.

Leger se remémorait un frêle adolescent aux traits encore enfantins. Il découvre en face de lui un visage mordu par une large cicatrice, à la peau grêlée. Un œil est presque fermé, l'autre brille d'un éclat inquiétant.

– Vous haïssez les Français ?

– Naturellement. C'est la seule réponse possible à votre mépris de « Grande Nation ». Et je ne parle pas là du ravage du Palatinat par Louis XIV ou de la défaite d'Iéna infligée par Napoléon. Non, je parle de votre mépris culturel, de Voltaire qui s'enfuit de Berlin avec en poche les poèmes de Frédéric le Grand pour faire rire tout Paris à ses dépens… Cela étant, je vous hais moins que nos politiciens véreux de la république de Weimar. Vous défendez vos intérêts nationaux, c'est légitime. Vous êtes nos ennemis, mais eux sont des traîtres à la patrie. Ils ont planté un poignard dans le dos de l'armée invaincue, accepté votre diktat honteux de Versailles.

Knospe avale une gorgée brûlante et grimace. Leger tourne sa cuiller dans la mousse en humant le délicat parfum du café.

– Pourtant, cher monsieur… Knospe, le chancelier Luther et le ministre Stresemann défendent avec une rare ténacité les intérêts allemands, je puis en attester.

– Des marionnettes ridicules… Que peuvent-ils espérer obtenir pour un pays désarmé, étranglé, impuissant ? Un pays ruiné, où des professeurs mendient pendant que des spéculateurs raflent des fortunes… La misère, la vraie, je l'ai vue en Chine, comme vous. Mais je ne pensais jamais voir le peuple allemand réduit à ce niveau extrême d'indigence. J'ai vu, le long des chemins aux abords de Hambourg, des cadavres d'enfants morts de faim.

« Décidément, songe Leger, les Allemands donnent dans le pathos. » Sur le quai, les barques amarrées oscillent. Un instant, il a envie d'en rester là, puis il se tourne vers le visage rougi par le soleil levant de son vis-à-vis et se décide à poursuivre :

– Ne vous est-il jamais venu à l'esprit que nos deux pays s'étaient tous deux terriblement appauvris à se combattre et étaient en réalité dans un même bateau, qu'on le veuille ou non ? Le centre de gravité du monde s'est déplacé de notre pauvre vieille Europe vers l'autre côté des océans, vers les Amériques. Ce sont elles qui mènent la danse à présent. Vous savez peut-être que je suis natif des Antilles… J'appartiens au monde américain, j'en connais la vitalité. Et bientôt peut-être se réveillera l'Est du monde – à vrai dire le Japon est déjà en marche, qui a vaincu l'ancien empire des tsars il y a vingt ans. Un jour, l'Union des républiques soviétiques, quand elle aura achevé de forger dans la douleur sa nouvelle société, fera trembler l'univers. Puis le tour de la Chine viendra, nous le savons tous deux… Et pendant ce temps, nous, Français et Allemands, pris en étau entre ces puissances redoutables, allons-nous continuer à nous entre-déchirer, à nous suicider ensemble ?

– Monsieur Leger, vous me parlez de paix alors que vous occupez encore Cologne et une partie de notre territoire. On ne peut pas tendre la main avec sincérité à une personne dont on écrase le pied en lui pressant une baïonnette sur le ventre.

Sa voix a monté dans les aigus et tremble légèrement. *Glissando*, *vibrato*, exactement comme les oiseaux.

– Herr Knospe, j'aime votre sens de la métaphore, qui n'est pas sans rappeler la pensée chinoise. Mais permettez-moi de vous dire ceci : faire la paix est beaucoup plus ardu que faire la guerre. Faire confiance est plus difficile que se méfier. C'est pour comprendre ce mystère et pour relever ces défis que j'ai endossé le métier de diplomate. Même si je sais que, pour vous et les vôtres, la recherche de la paix n'est sans doute que sentimentalité contre nature, à rebours des instincts virils…

Le visage de Knospe pâlit.

– Monsieur Leger, moquez-vous. Vous ignorez le mouvement profond qui est en train de réveiller l'Allemagne, son élan vital, son génie qui sourd de ses racines germaniques… Un an passé à Landsberg, derrière les barreaux, m'a donné à réfléchir. J'y ai eu l'honneur de côtoyer le dirigeant du national-socialisme, un homme exceptionnel, un visionnaire et un chef pour l'Allemagne. Je le vénère et j'ai foi en lui, en son combat.

– Libre à vous de croire en un agitateur et prophète de malheur comme en un dieu, si c'est ainsi que vous voulez user de votre liberté. Vous cherchez la grandeur et vous ne récolterez que le malheur.

Knospe marque un silence.

– J'admire votre œuvre poétique, monsieur Saint-John Perse, mais je ne partage pas vos idées, monsieur Leger.

Déjà, Leger regrette ce qu'il vient de dire, c'était grandiloquent. Il se tait un moment, hésite à se lever pour couper court à cet échange, mais se ravise. Le personnage l'intrigue : une espèce de fanatique d'un genre nouveau.

Il se remémore les longues discussions avec Jacques Rivière, après la reparution de la *NRF* en juin 1919. Rivière l'avait publié aux côtés de Marcel Proust, François Mauriac, Paul Valéry, Jean Giraudoux et Louis Aragon. Des discussions passionnées. Rivière, de retour de sa captivité en Allemagne, qui lui avait inspiré en 1918 un livre vengeur, *L'Allemand. Souvenirs et réflexions d'un prisonnier de guerre*, était devenu, contre toute attente, un champion de la cause du rapprochement franco-allemand. « Il y a un abîme entre les deux mentalités, répétait-il, et il faut bien voir tout ce qui nous rend ennemis si nous voulons nous réconcilier. Vous n'agirez pas sur l'esprit d'un Allemand comme vous agissez sur celui d'un Français. Il y a là deux natures aussi antagonistes qu'on puisse le rêver. Trois ans de captivité m'ont fourni quelques raisons de m'en persuader... » Ce cher Rivière avait une farouche indépendance d'esprit et une hauteur de vue qui forçaient l'admiration. Isabelle, sa femme, lui a montré, peu après la disparition brutale de son mari au début de l'année, d'une fièvre typhoïde, à trente-huit ans, une lettre écrite par Jacques en novembre 1918, dont quelques phrases l'ont vivement frappé : « *La désillusion de la France, commune à tous les rapatriés, je l'ai ressentie si fortement. Vous nous faites l'effet, à nous qui avons vécu si longtemps en dehors de votre mentalité, de gens absolument sublimes, mais butés et presque bornés. Même aujourd'hui où les événements donnent raison à votre entêtement, je le reconnais loyalement, je continue à trouver que vous n'embrassez pas assez de choses, que vous êtes dans une ignorance des autres points de vue, des intérêts et des croyances de l'étranger, qui peut être dangereuse...* » Et Rivière ne soutenait-il pas, au moment de l'occupation de la Ruhr, que les Français devraient plutôt prendre en compte la volonté de l'adversaire et cesser de ne songer qu'à la briser ? Mais il n'était pas retourné en Allemagne, ni n'avait noué d'amitiés avec des Allemands, contrairement à Gide. Enfin, il publia son appel, dans un journal du Luxembourg, en septembre 1924 : « *Une communauté européenne, oui c'est ce que nous voulons...* »

Perdu dans ses pensées, Leger ne perçoit le départ de Knospe qu'au claquement de ses talons.

– *Auf Wiedersehen*, monsieur le poète.

Comme une main que l'on tend et qui reste suspendue dans le vide, Leger lui lance :

– À une prochaine fois peut-être… Vous me direz…

Le jeune Allemand a disparu dans la transparence du matin. Le serveur a mis la radio et siffle sur un air à la mode. Le rivage s'anime. Les pêcheurs jettent leurs filets dans leurs barques et larguent les amarres dans un cliquetis cristallin. L'eau du lac clapote sous l'entrechoquement des rames. De minces poissons argentés dansent sous les coques.

Journal de Louise, mardi 6 octobre

Au bas de la maison, des enfants jouent à se tirer dessus… La guerre est plus facile à déclarer qu'à arrêter. Celle de 14 durait, prenait ses aises, engloutissait des milliers de morts chaque jour. Elle emportait les corps et elle volait les âmes. Le premier mort qu'on m'a annoncé, c'était le petit Léon Labarthe, le fils de notre concierge à Paris, dès le troisième jour de la guerre. Il sifflait toujours gaiement dans l'escalier en apportant les journaux et voulait devenir champion de course cycliste. Puis il y a eu mon cousin Pierrot, le pêcheur d'écrevisses, puis Aimé et Anatole, les fils de notre voisine, Gaston et Anselme, le petit-fils et le commis de notre épicier, Ferdinand, Marcel… Les noms tombaient. La mort décimait même les rangs de l'Opéra : musiciens, danseurs, éclairagistes. La mort se répandait, s'émoussait, devenait banale. Les journaux étaient emplis de nécrologies.

Mon premier Noël loin de mes parents, à la fin de 1914, a été d'une grande tristesse. Non seulement la guerre n'était pas terminée, mais les pertes étaient effroyables. Les jeunes hommes mouraient en masse. Chaque lettre de maman m'annonçait des morts, des disparus, des blessés parmi nos amis. J'avais peur pour Hans.

La vie cependant l'emportait. J'avais la chance d'habiter dans un havre de paix, où l'information circulait librement quand partout ailleurs en Europe la censure sévissait. J'aimais mon travail à la Croix-Rouge et j'avais mon petit Jean. Comme il grandissait, j'ai vite compris. Il ne serait pas comme les autres enfants. Jean vit dans sa bulle, un monde inaccessible aux autres. Au début, j'étais déroutée, effrayée par son indifférence. Il était capable de rester des heures à observer une fourmi, rien ne pouvait l'en distraire. J'essayais de capter son attention, de le faire réagir. Je le couvrais de baisers. Même serré dans mes bras, il était si loin, si hors d'atteinte. À peine si ses cils battaient. Étais-je une mauvaise mère ? Était-ce son père qui lui manquait ? Les souffrances incommensurables de la guerre qu'il ressentait ? Lilli m'a conseillé de l'emmener chez un psychiatre de ses amis.

Le docteur Moeri avait un bon sourire et des manières rassurantes. Il a donné à Jean un crayon et une liasse de feuilles avec toutes sortes d'exercices, et m'a dit : « Je vous emprunte votre fils un petit moment, n'hésitez pas à piocher dans la bibliothèque et à vous servir du thé dans le samovar. » Ils sont partis dans une petite pièce attenante au cabinet. Quand ils sont revenus, Jean n'exprimait rien de particulier, mais il s'est mis à regarder, fasciné, le papier peint mural orné de fleurs que butinaient de petits papillons. Il les a pointés en répétant : « Phalènes blanches. » « Oui, tu as raison, a répondu le docteur Moeri, ce sont des phalènes blanches, aussi appelées en latin *Siona lineata* ; certains y voient un symbole de chance ou de paix, d'autres un message du ciel. Puisque tu t'intéresses aux papillons, je vais te faire un cadeau : c'était l'un de mes livres préférés quand j'étais enfant. » De sa bibliothèque, il a tiré un volume ancien, qui avait dû être beaucoup lu. « Voici pour toi *Das kleine Schmetterlingsbuch*, le petit livre des papillons, de Jacob Hübner, un lépidoptériste allemand. Ce livre date de 1825, d'il y a cent ans. » Jean n'a pas remercié, a pris le livre et l'a ouvert sans façons. Il contenait de merveilleuses planches de dessins de papillons. Pour la première fois, je l'ai vu esquisser un léger sourire. Le docteur m'a prise à part : « Ne vous inquiétez pas, ce petit est très intelligent. Faites-lui étudier ce qu'il lui plaira, ne le contrariez pas. Il pourra devenir un grand savant, qui sait ?, peut-être un lépidoptériste, puisqu'il s'intéresse à ces petites bêtes ailées. »

Cette consultation nous a fait beaucoup de bien, à Jean comme à moi. Jean s'est mis à étudier les papillons avec passion. Grâce au petit livre offert par le docteur Moeri, il a appris à lire, en latin et en allemand, puis en français dans d'autres livres.

Peu à peu, j'ai commencé à aimer sa manière de vivre intensément concentrée, dans un présent absolu, hors du temps et de l'espace. Il m'a enseigné cette autre dimension, le silence, la contemplation, la gratuité. J'ai fini par accepter qu'il soit différent.

J'emmenais Jean partout avec moi. Au début, je souffrais des regards curieux ou méprisants portés sur lui. Mais il était si calme, il restait là, dans un coin, on ne l'entendait pas, on l'oubliait.

Je suis allée ainsi, avec lui, écouter Romain Rolland. J'ai dactylographié plusieurs de ses articles. Ses mots si puissants m'aidaient à vivre, je peux encore en réciter par cœur…

« Peuples, unissez-vous ! Peuples de toutes races, plus coupables, moins coupables, tous saignants et souffrants, frères dans le malheur, soyez-le dans le pardon et dans le relèvement !

Oubliez vos rancunes, dont vous périssez tous. Et mettez en commun vos deuils : ils frappent tous la grande famille humaine ! Il faut que dans la douleur, il faut que dans la mort des millions de vos frères vous ayez pris conscience de votre unité profonde ; [...] si cette guerre n'a pas pour premier fruit un renouvellement social dans toutes les nations, – adieu, Europe, reine de la pensée, guide de l'humanité ! Tu as perdu ton chemin, tu piétines dans un cimetière. Ta place est là. Couche-toi. – Et que d'autres conduisent le monde * ! »

Cet article-là, Stefan Zweig l'a traduit en allemand pour une revue de Zurich. Lilli me l'a donné, ainsi que la nouvelle de Zweig, « La Tour de Babel ». J'ai perfectionné mon allemand ainsi, dans des textes appelant à la paix et à la fraternité. *Frieden, Brüderlichkeit*, ces mots résonnaient en moi.

Par la fenêtre, je vois la cime dentelée d'un palmier, attisant mes envies de grand large.

Peut-être devrais-je renouer avec mes rêves, partir vers d'autres continents, d'autres cultures, avec mon petit Jean, car qui se soucie de nous ? J'ai largué les amarres, plus aucune raison de retourner en France, et Jean restera toujours en marge de la société.

Je rêve de partir, comme cette jeune femme de Genève, Isabelle Eberhardt, qui sillonna au début du siècle l'Afrique du Nord vêtue en cavalier bédouin, traitée de folle par certains, enviée pour sa liberté par d'autres. Ou comme Alexandra David-Neel, la première Occidentale à entrer, elle aussi travestie, dans Lhassa,

* « Aux peuples assassinés », article écrit le « 2 novembre, Jour des Morts, 1916 » et publié dans le numéro de novembre-décembre de la revue *Demain* à Genève.

mystérieuse capitale du Tibet. Tout juste revenue en France, elle a écrit crânement à son mari : « Voici mon plan, que tu l'approuves ou non, j'espère que tu m'aideras à le réaliser, car je suis une sauvage, mon bien cher, mets-toi cela en tête. Toute la civilisation occidentale me dégoûte. Je n'aime que ma tente, mes chevaux et le désert. » La tentation du désert… Oserai-je à mon tour ?

Parfois, je me dis que tout est possible, que ma vie pourrait prendre un autre cours. Puis je me ravise et je me remets à attendre Hans. Depuis plus de dix ans, je l'attends. Je l'attends toujours et je suis seule, désespérément seule. Peut-être terminerai-je comme la baronne, en solitaire bravache, parlant à l'Absent.

Je porte un masque. Derrière, il n'y a rien qu'une image floue. Quel est mon vrai visage ? Cachée derrière mon appareil photo, j'essaie d'aspirer le monde, de retenir l'instant dans mon petit boîtier. Je me sens comme un cliché en négatif, aux valeurs inversées. Comme si c'était moi, le fantôme. Qui sait ?

Mardi 6 octobre, après-midi

Brouhaha de salutations. Les délégués reprennent place autour de la table carrée. Otto Kiep passe au chancelier la revue de presse du jour en pointant un article de l'organe du parti communiste, *Die rote Fahne* :

La conférence de guerre
contre l'Union soviétique

de notre envoyé spécial à Locarno,
6 octobre 1925.

La conférence se tient sous le signe de la politique antisoviétique de l'Angleterre. Festivités, messes d'action de grâce, baratin social-démocrate sur « plus jamais la guerre » ont pour objectif de cacher au prolétariat international le véritable but des négociations, qui est de mener de nouvelles guerres sur le dos des ouvriers et paysans, priés de verser à nouveau leur sang pour « leurs » capitalistes. C'est pourquoi cette alliance de guerre doit se présenter comme

> un pacte de paix. L'Angleterre et la France réclament que l'Allemagne adhère à la SDN pour qu'en cas de guerre contre l'URSS elle laisse les troupes hostiles traverser son territoire, voire qu'elle participe militairement à l'agression de la République soviétique.

Le docteur Luther soupire : les bolcheviques ont failli prendre le pouvoir pour de bon en Saxe et en Thuringe en 1923. Il a fallu alors envoyer la troupe pour reprendre le contrôle, pendant qu'à Munich était déjoué le putsch nationaliste de Ludendorff et du petit caporal autrichien, et tandis qu'en Rhénanie sévissaient les séparatistes, encouragés par Poincaré. 1923, l'*annus horribilis*. La jeune république était attaquée de toutes parts et, en prime, l'hyperinflation a plongé le pays dans la misère et déclassé une bonne partie de la bourgeoisie, notamment les professeurs, qui ne survivaient que grâce à la vente au marché noir de leurs objets de valeur. Le pays était sur le point de sombrer.

Les raclements de chaises ont cessé. Chamberlain regarde sa montre : seize heures trente. Il ajuste son monocle, comme pour s'assurer du silence. Il échange un regard complice avec Briand, qui écrase son mégot dans le cendrier devant lui. Chamberlain prie les Allemands d'exposer leur point de vue sur les frontières orientales. La négociation entre enfin dans le dur. Tous les regards se portent sur Stresemann.

– C'est très simple, explique le Reichsminister. Dans notre mémorandum de février, nous avons proposé un pacte de sécurité pour nos frontières à l'ouest et des accords d'arbitrage avec nos voisins à l'est. Les échanges de notes ont conduit à accepter sur le principe l'idée allemande. Ensuite, la France a souhaité accorder une garantie particulière aux accords d'arbitrage pour les frontières de l'Est. Il me semble donc judicieux que M. Briand nous expose son idée de garantie à l'est.

Renvoi de balle élégant. Briand sourit avec indulgence, comme un entraîneur à son jeune élève. Il rappelle que cette question a déjà fait l'objet d'amples échanges avec Son Excellence l'ambassadeur d'Allemagne à Paris, M. von Hoesch. Deux traités d'alliance ont été signés, avec la Pologne en 1921 et avec la Tchécoslovaquie en 1924. Par ces alliances, la France ne peut pas garantir ses propres frontières sans s'assurer de la sécurité des frontières de ses alliés. Mais il ne s'agit pas d'alliances au sens ancien du terme, assure Briand.

À ces mots, Stresemann a un sourire légèrement ironique. Tous savent bien que le maréchal Foch souhaitait ces alliances de revers avec la Pologne et la Tchécoslovaquie pour contrer la volonté d'expansion allemande et remplacer la défunte alliance franco-russe.

Mais Briand veut convaincre que les temps ont changé. Sa voix se colore d'une chaleur particulière. Ces alliances, dit-il, ont été signées selon les principes de la Société des Nations ; elles ne sont pas dirigées contre un pays en particulier. Car la SDN n'est pas fondée sur la méfiance et la violence, mais sur l'assurance d'une sécurité mutuelle.

– Voilà l'esprit des garanties que la France entend accorder à la Pologne et à la Tchécoslovaquie, conclut-il en regardant Luther puis Stresemann.

Puis il reprend, un ton plus bas :

– Les représentants allemands ont dit : « Nous ne voulons pas modifier les frontières par la violence ; s'il y a des difficultés, nous essaierons de les régler de manière pacifique, par l'arbitrage. » Soit. Puisque la violence est exclue, puisqu'il est prévu de conclure des accords d'arbitrage entre la France et l'Allemagne et entre l'Allemagne et ses voisins de l'Est, alors pourquoi une garantie française à ses alliés ne serait-elle pas possible ?

Un point pour Briand. Carl von Schubert se penche vers Stresemann pour lui parler à l'oreille, mais le ministre, impassible, lui fait signe de le laisser écouter.

Briand poursuit :

– Le gouvernement allemand doit prendre en considération le fait que la France a profondément modifié sa conception de la sécurité de ses frontières. Cela nous a demandé beaucoup d'efforts. La France aussi a des têtes brûlées nationalistes et il a été difficile de les rallier à l'idée d'un pacte, croyez-moi.

Et, comme pour lui-même, il ajoute :

– Nous avons déjà fait un grand pas vers vous.

– Monsieur le ministre, commence tranquillement Stresemann, les mains bien calées sur son ventre, nous sommes d'autant plus heureux des évolutions de la position française que, par deux fois déjà, l'Allemagne a fait des propositions de pacte de sécurité : en décembre 1922, lorsque Herr Cuno était chancelier, et en septembre 1923, alors que j'exerçais moi-même cette fonction. À l'époque, votre ambassadeur à Berlin, l'excellent M. de Margerie, m'a dit que la France ne pouvait accepter ces propositions tant que la sécurité de ses alliés à l'est n'était pas garantie. Nous l'avons bien entendu. Le gouvernement allemand a donc repris l'idée d'accords d'arbitrage avec ses voisins de l'Est, malgré une très forte opposition de nos concitoyens.

Il marque un arrêt pour regarder ses interlocuteurs un à un et laisser les interprètes traduire ses propos, puis continue :

– C'était un grand pas vers vous. Mais la France est allée encore plus loin dans ses exigences, en réclamant l'entrée de l'Allemagne dans la SDN. Cette demande a suscité d'âpres batailles dans le pays. Malgré tout, nous l'avons acceptée, afin de ne pas mettre en péril le pacte de sécurité.

Stresemann ouvre ses mains comme pour les tendre en direction de Briand.

– Nos efforts répétés montrent bien que notre mémorandum de février n'est pas l'expression d'une tactique, mais témoigne d'un souhait sérieux de paix.

Nouveau silence. Il reprend :

– La France dispose donc de deux garanties pour l'Est : les accords d'arbitrage et notre entrée dans la SDN. Je pose en conséquence la question suivante à M. Briand, que je prie de bien vouloir y répondre : si les règles de la SDN prévalent, alors pourquoi une garantie française supplémentaire serait-elle nécessaire ? Les deux premières ne suffisent-elles pas ? Ne semble-t-on pas désespérer du pouvoir de la SDN lorsqu'on veut ajouter, à côté d'elle, une garantie particulière pour les accords d'arbitrage ?

Et toc ! Un point pour Stresemann, égalisation. Il se cale dans son fauteuil, un fin sourire aux lèvres. Murmures parmi les conseillers de toutes les délégations.

– Je vous entends, monsieur le ministre, enchaîne aussitôt Briand, qui visiblement s'amuse de cet échange, et je vais bien sûr vous répondre.

Il pose délicatement sa cigarette dans le cendrier.

– La garantie de la SDN n'impose qu'une obligation morale, qui n'est hélas pas suffisante. Si c'était le cas, un pacte serait superflu. Mais nos efforts pour insuffler vie au système de sécurité de la SDN ont hélas achoppé à l'opposition des nationalistes de tous les pays.

Chamberlain ne veut pas rester sur la touche. Il lève la main nonchalamment et intervient :

– Sans compter le refus de nos amis américains d'entrer à la Société des Nations, ce que pourtant appelle de ses vœux le président Wilson. Quoi qu'il en soit, les engagements au titre de la SDN sont en effet limités et encore incertains. Ainsi, si un conflit intervenait entre deux États sud-américains, l'Angleterre n'apporterait pas de garantie. Mais la garantie que nous consentons à apporter, dans le cadre de ce pacte de sécurité, aux frontières entre la France, l'Allemagne et la Belgique consiste à mettre l'ensemble de nos forces armées à la disposition de la SDN. Elle va donc plus loin.

Un moment tenté de jouer les arbitres, l'Anglais est redevenu l'allié de la France. Briand, heureux de ce renfort, sourit et plisse les yeux comme un chat repu en déclarant avec une pointe de gaieté :

– Tout cet édifice de paix, nous avons encore à le construire et à le compléter : c'est, pour ma part, l'une de mes priorités. Mais si j'avais la certitude que les gouvernements présents ne changeront pas, soyez sûrs que je renoncerais à notre garantie en faveur de la Pologne et de la Tchécoslovaquie.

Chamberlain saisit la perche et ose une pointe toute britannique :

– Messieurs, permettez-moi d'émettre à l'improviste cette proposition : concluons un traité d'après lequel les gouvernements ici présents s'engagent à conserver à perpétuité leurs actuels ministres des Affaires étrangères ; alors la France renoncera à sa garantie, n'est-il pas ?

Les rires fusent. Les tensions se dénouent tout à coup. Chamberlain a remporté le match – puissance de l'humour anglais.

La séance est levée, la prochaine, fixée au lendemain après-midi.

Stresemann semble épuisé. Il desserre discrètement sa cravate et son col avant de quitter la salle. Le chancelier, qui a rongé son frein toute la séance, glisse à Franz Kempner en sortant :

– Je vais proposer à Briand de lui rendre visite demain matin à son hôtel : il faut nouer des relations personnelles avec cet homme-là.

Son secrétaire d'État lui répond qu'il vaudrait mieux, pour éviter qu'une telle rencontre ne soit connue des nationalistes, un endroit discret, à l'écart, par exemple dans le petit village de pêcheurs d'Ascona, qui jouxte Locarno. Il a justement promis à une vieille connaissance qui habite là de lui rendre visite.

Mercredi 7 octobre, matin

Un ciel immense s'étire au-dessus du lac. Un bleu si pur, si vertigineux, qu'il en paraît irréel, ou plutôt qu'il ôte toute réalité hormis la sienne. L'azur règne. Et le monde à ses pieds advient tel un mirage.

Deux automobiles roulent le long du lac dans le calme du matin. Deux automobiles roulent comme des jouets aimantés de là-haut, à la main du grand bleu. Elles s'arrêtent, l'une, puis l'autre, devant une auberge. Une jetée, un minuscule port où quelques barques multicolores oscillent gracieusement. Des canards glissent sur l'eau soyeuse. La montagne se dresse d'un côté, de l'autre repose le lac, étincelant. Le temps s'est arrêté au village d'Ascona.

Deux chauffeurs, casquette à la main, ouvrent les portières. Quatre hommes aux souliers bien astiqués descendent des voitures. Deux hommes aux manières de diplomates se saluent. Franz Kempner, secrétaire d'État à la Chancellerie à Berlin, et Alexis Leger, directeur de cabinet du ministre des Affaires étrangères à Paris. D'un même pas athlétique, les mains nouées derrière le dos, ils s'éloignent aussitôt vers la promenade qui longe le rivage.

Les deux autres hommes, l'air de notables de province, l'un moustachu et courbé, l'autre chauve à lunettes, se font face devant l'*albergo* Elvezia. Ils se serrent la main et s'attablent dans le coin le plus retiré de la terrasse, sous la tonnelle entrelacée d'une magnifique glycine.

– C'est une petite auberge à l'abri des regards, monsieur le ministre, commence Hans Luther dans un français à l'accent germanique prononcé.

– Excellent choix, monsieur le chancelier ! Ici nous serons à l'aise pour parler… et nous entendre, car il semblerait que l'endroit soit propice aux rapprochements.

À l'autre bout de la terrasse, des couples d'amoureux se tiennent enlacés. Pour un peu, Briand ajouterait : « Vous ferez bien un petit tour de valse ? », mais il n'est pas sûr que le docteur Luther entende son humour.

Luther s'empourpre légèrement, non par pudibonderie, mais parce qu'il pense à sa femme trop tôt disparue.

– J'ai préféré, monsieur le ministre, que nous nous rencontrions seul à seul pour bien comprendre ce que nous pouvons attendre raisonnablement de nos négociations. Je connais moins bien le dossier que notre cher Stresemann. Le pauvre a dû s'aliter en raison d'un léger refroidissement, mais il a souhaité que nous ayons cet échange sans l'attendre. Il sera bientôt de retour, et je lui en rendrai compte. Nous sommes d'une totale transparence l'un envers l'autre. Si j'ai tenu à venir à Locarno, ce n'est pas par défiance envers lui : nous formons une équipe loyale et complémentaire…

Joue-t-il double jeu ou s'est-il rallié à Stresemann ? Briand n'ignore pas que, quand le mémorandum allemand proposant à la France un pacte de sécurité a fuité et que les nationalistes allemands se sont déchaînés contre l'idée d'abandonner l'Alsace et la Lorraine, le chancelier s'est désolidarisé de son ministre des Affaires étrangères, prétendant ne pas avoir été mis au courant de ce projet. Stresemann, furieux, a menacé de démissionner. Mais Luther ne peut pas se passer de lui au sein de sa fragile coalition gouvernementale. Dès lors, ici, ils n'ont d'autre choix que de faire bloc. Oswald Hesnard le lui a bien expliqué : « Ces deux-là, vous ne parviendrez pas à les diviser. »

Luther poursuit, imperturbable :

– Si j'ai tenu à venir à Locarno, c'est, je le dis avec solennité, pour marquer l'importance primordiale de ces discussions pour l'avenir de notre pays. Et parce que je mettrai tout mon poids de chancelier pour défendre auprès de mes compatriotes l'accord, si nous l'atteignons, ce que je souhaite de toutes mes forces, soyez-en certain.

Serait-il sincère ?

– Je vous crois, monsieur le chancelier, parce que la seule chance de parvenir à un accord, que je désire au plus haut point comme vous, c'est de nous faire confiance. C'est un pari pascalien, en quelque sorte. Il faut y croire. Et puis, l'opinion publique nous attend…

Le patron de l'auberge s'approche d'eux, son torchon blanc à la main, et s'incline rapidement :

– *Signori?*

Ils commandent deux cafés.

Briand, jamais avare d'une petite flatterie, félicite le chancelier pour son français parfait. Luther rosit sous ce compliment.

– J'ai étudié deux semestres à Genève.

Briand lui exprime son profond regret de ne plus parler l'allemand, appris au lycée à Nantes et qui n'est qu'un lointain souvenir, car il n'a guère eu d'occasions de le pratiquer.

– Vous n'en avez pas besoin, puisque la langue diplomatique universelle est le français.

– Nous avons encore cette chance, mais combien de temps pourrons-nous encore résister à l'anglais ? En tout cas, nous pouvons nous entretenir sans interprète, cela facilite les choses.

Un silence se fait. Les préliminaires passés, ils en viennent aux affaires sérieuses, au premier point de désaccord : la garantie de la France à ses alliés polonais et tchécoslovaques.

Luther revient à la charge :

– Quel besoin avez-vous d'accorder une garantie à vos alliés de l'Est alors qu'existe l'édifice de la SDN ?

– Comme je l'ai dit lors de la séance d'hier, je ne suis pas partisan de pactes à l'ancienne, qui contiennent toujours une pique contre quelqu'un, et je veux mettre toute mon énergie dans des pactes qui correspondent à l'esprit de paix de la SDN. Toutefois, je ne peux pas aller plus loin. Je ne peux pas renoncer à la garantie accordée à nos alliés.

Luther réfléchit, puis opine avec gravité.

– C'est pourtant inacceptable pour le peuple allemand. D'abord pour des raisons émotionnelles, ensuite pour des raisons pratiques. Une garantie française en faveur de la

Pologne et de la Tchécoslovaquie n'est en fait dirigée que contre la seule Allemagne.

Briand botte en touche et lui suggère de faire une proposition pour sortir de l'impasse.

– Impossible, répond Luther, nous ne connaissons pas assez bien la relation franco-polonaise. C'est à vous, Français, de trouver une solution de compromis.

– Eh bien soit, nos juristes vont y réfléchir.

– Merci. Nous attendrons la proposition de la France pour réaborder la question, résume Luther, qui enchaîne avec le second point de désaccord, la Société des Nations.

Ah, la SDN ! Briand en devient presque lyrique. C'est qu'il y croit, à sa chère SDN, cette assemblée où l'on règle les conflits par la parole, par la raison et par la confiance. Il est l'un des orateurs les plus écoutés à Genève, où il a représenté la France de 1924 à son retour au gouvernement en avril 1925. L'édifice du pacte de sécurité doit être couronné par l'entrée de l'Allemagne à la SDN. Intégrer la SDN, ce sera, pour l'Allemagne, il en est sûr, rejoindre la communauté internationale par la grande porte, rompre sa mise au ban.

Luther repose sa tasse de café avec un petit soupir.

– Tout cela est bien beau. C'est une idée magnifique, à laquelle j'adhère totalement. Mais, en pratique – vous savez, monsieur le ministre, nous autres, Allemands, aimons les idées, mais nous n'oublions jamais le côté pratique des choses –, en pratique, comment voulez-vous que l'Allemagne satisfasse aux règles de la SDN ? C'est impossible. *Primo*, comment pourrions-nous prêter assistance aux nations membres agressées alors que nous sommes nous-mêmes désarmés et encore occupés ? *Secundo*, nous sommes situés géographiquement au centre de l'Europe : accepter que des troupes étrangères traversent notre pays pour porter secours à un autre pays reviendrait à risquer de devenir le terrain de manœuvre de toute l'Europe, voire son champ de bataille. Souvenez-vous de la guerre de Trente Ans…

– J'étais encore un peu jeune en ces temps-là, plaisante Briand pour stopper le rouleau compresseur qui s'est remis en marche. Je comprends qu'il soit difficile de se projeter dans un mode de relations entièrement différent. Ce que nous tentons de créer à Genève, c'est un nouvel esprit international. Je vous concède qu'il faut une bonne dose d'imagination et de confiance. Et permettez-moi de rappeler ma conviction que les idées mènent le monde et que nous, dirigeants, avons pour mission de proposer à nos peuples ces idées du monde de demain.

Le chancelier opine, tout en conservant un air préoccupé :

– Vous êtes bien un idéaliste, on m'avait prévenu… Soit. Je veux bien entrer, à titre personnel, dans votre argumentation. Mais je devrai convaincre, au sein de ma majorité, des nationalistes qui sont moins ouverts aux exercices de l'imagination.

Renvoi du point aux juristes. Non, ce n'est pas aujourd'hui qu'ils parviendront à régler ces deux désaccords majeurs. Mais cette discussion franche était utile, Briand en est convaincu. Un silence s'installe. La glycine embaume. Les amoureux gloussent. Le lac miroite. Et tout ce bleu pardessus. Tout ce bleu qui apaise.

Briand a eu le temps de jauger son interlocuteur. Derrière sa carapace et ses petites lunettes cerclées de juriste méticuleux, c'est un homme d'action, qui veut un résultat, le pacte, et il paraît sincère, angoissé à l'idée de ne pas réussir. Il sera même plus facile de négocier avec lui qu'avec Stresemann, plus rompu aux subtilités diplomatiques. Sous réserve de le convaincre de lever ses conditions. C'est décidé, il va frapper un grand coup, jouer cartes sur table, abattre son jeu. Il faut mettre le chancelier en confiance. Pas difficile : il va lui faire son numéro de Shéhérazade.

Il prend un air bonhomme, cligne des yeux, desserre légèrement son col, sa cravate un peu de travers, et met beaucoup de chaleur dans sa voix :

– J'ai bien entendu ce que vous avez dit lors de la première séance, monsieur le chancelier. Je suis tout à fait conscient des enjeux qui sont les vôtres. Quand je suis revenu au gouvernement en avril, j'ai demandé le portefeuille des Affaires étrangères avec une idée en tête : prendre la main que vous avez tendue, à travers votre mémorandum, et faire ensemble la paix en Europe.

En voyant Luther pencher sa tête sur le côté et croiser les mains, de l'air de celui qui attend un discours convenu, Briand baisse la voix – vieux truc d'orateur pour regagner l'attention de son auditoire.

– Parlons clair. Ni vous ni moi ne sommes des pacifistes. Nous sommes des hommes d'État. Notre priorité, à vous comme à moi, est d'assurer la sécurité de notre pays. J'ai fait voter, avant guerre, la conscription de trois ans, qui m'a rendu très impopulaire. J'ai dirigé le gouvernement français au pire moment de la guerre, de 1915 à 1917 ; vos troupes étaient arrivées en 1915 sur la Marne et menaçaient Paris. Et je peux le dire : j'ai fait la guerre avec une détermination sans faille et je serais prêt à la refaire, sans hésitation, s'il le fallait. Seulement, aujourd'hui, le peuple nous en voudrait si, avant d'en arriver là, nous ne faisions pas tout pour assurer la paix.

Luther l'interrompt, grave :

– Et nous, nous ne sommes plus un empire, mais une jeune république démocratique. La majorité du peuple allemand veut aussi la paix. Cependant, mes compatriotes se méfient du sens que les Français donnent au mot « paix ». Vous nous avez imposé à Versailles un traité soi-disant de paix, sans aucune négociation. Un traité qui a choqué l'ensemble du peuple allemand et pas seulement les nationalistes. Car ce traité n'a qu'un but : nous humilier, nous déshonorer, nous faire porter l'entière responsabilité morale de la guerre…

– Monsieur le chancelier, répond vivement Briand, vous savez bien que l'article du traité de Versailles par lequel votre pays reconnaît une responsabilité entière dans le déclenchement de la guerre n'est qu'une base juridique nécessaire pour vous demander des compensations et n'a aucune portée morale. C'est votre interprétation…

– Sophisme ! Toute l'Allemagne se sent humiliée par ce traité honteux, qui vise à nous écraser et à nous empêcher de nous relever. Vous nous avez désarmés, vous avez réduit notre territoire, occupé la rive gauche du Rhin et soutenu les sécessionnistes de la Rhénanie. Vous n'avez pas évacué

Cologne le 10 janvier dernier, comme prévu pourtant par ce même traité. Est-ce ainsi que vous concevez la paix ?

À une table voisine, un jeune couple éclate de rire. Briand pose sa cigarette.

– Monsieur le chancelier, en tant que bon Français, je ne devrais pas vous le dire, et si vous le répétez je le démentirai : je n'aime pas plus que vous le traité de Versailles, ni son application. C'est un mauvais traité, conclu dans un esprit de revanche, et qui suscite beaucoup de désordre et de frustrations. Seulement…

Il tire une bouffée de sa cigarette.

– Seulement, aucun parti en France n'est prêt à le remettre en cause. C'est ma ligne rouge. Toutefois, dans cette limite, je suis prêt à entendre vos propositions et à envisager plus de concessions que vous n'imaginez…

Ça y est, le chancelier est hameçonné. Ébahi, il contemple Briand. Un peu de mousse de café est restée accrochée à sa moustache. Quoi ! L'homme fort du gouvernement français, celui-là même qui a, en 1921, annoncé mettre une main ferme au collet des Allemands s'ils ne payaient pas, vient de dire que le traité de Versailles est mauvais et qu'il est prêt à beaucoup de concessions ? Bluffe-t-il ?

Briand n'a plus qu'à poursuivre sa démonstration tranquillement :

– Voyez-vous, en novembre 1921, je me suis rendu à Washington, à la Conférence sur le désarmement naval. Comme président du Conseil, j'avais tenu à être personnellement à la tête de notre délégation – un peu comme vous aujourd'hui, monsieur le chancelier. Ce séjour fut très instructif. J'ai été frappé par l'extraordinaire puissance de l'Amérique. J'ai senti le dynamisme de ce continent jeune, mais aussi sa brutalité, son âpreté au gain. Les hommes y sont prompts à brandir leur colt, leur bible et leurs dollars. Il y règne un culte brutal de la réussite. Entre cette Amérique puissante et dominatrice et l'utopie collectiviste violente qui se mijote en Union soviétique, après la saignée de la Grande Guerre fratricide, l'Europe n'est plus que l'ombre de ce qu'elle fut.

Il marque une pause, puis avec emphase :

– Monsieur le chancelier, vous êtes un Allemand, donc un Européen ; je suis un Français, donc un Européen ; eh bien, pourquoi ne parlerions-nous pas européen ?

Le charme opère. Luther opine vivement :

– Ah, monsieur le ministre, je suis personnellement convaincu que nous devons coopérer politiquement et économiquement si nous voulons exister face à l'Amérique. Mais vous me parlez d'une appartenance commune à l'Europe, vous, représentant de la Grande Nation, à moi, représentant d'un pays mis au ban des nations ! Si seulement nous pouvions en convaincre nos nationalistes, chez nous comme chez vous... Si seulement nous pouvions faire cesser ces sentiments de peur, de rancune et de revanche.

Briand lui fait observer que la présence des nationalistes dans le gouvernement risque de ne pas faciliter un accord. Le chancelier pense au contraire qu'elle en est la condition : dans l'opposition, ils seraient, selon lui, bien plus dangereux. Intéressé, Briand se penche en avant :

– J'admire votre art des coalitions entre partis si opposés. Chez nous en France, il serait impossible de faire entrer un

Maurras au gouvernement… Vous savez de quel petit nom affectueux il m'affuble ? « Maquereau béni », en référence à mon passage au ministère des Cultes. Mais le peuple allemand a élu en avril dernier pour président de la République le maréchal von Hindenburg, monarchiste et nationaliste : cela ne va-t-il pas compliquer votre tâche ?

– Non, répond Luther. Le Reichspräsident est un pragmatique : il s'est rallié à la république et ne fait pas opposition à un pacte de sécurité sur le Rhin. Il peut au contraire raisonner les Deutschnationale. Et puis, n'oubliez pas que nos opinions publiques diffèrent beaucoup : un pays vainqueur est plus naturellement pacifiste, tandis qu'un pays vaincu est plus enclin au nationalisme. Chez nous, les sacrifices et les souffrances ont été endurés en vain et la paix a un goût d'amertume. Il nous faut prendre en compte cet état d'esprit de notre population.

Briand propose une cigarette à Luther, lui tend son briquet, abritant la flamme de sa main. Ils se rapprochent dans ce geste familier. Maintenant, bien calés dans leurs fauteuils, ils tirent quelques bouffées, et regardent un instant les volutes de fumée s'élever dans le bleu du ciel, comme le feraient deux amis de longue date. Ils commandent un deuxième café. Le patron, qui a flairé des personnages importants, leur apporte en prime un doigt de limoncello. La liqueur acidulée a un goût agréable et réchauffe leurs entrailles. Les couleurs brillent davantage. Les grappes parfumées de glycine les enivrent.

– Cher ami…

L'expression est venue tout naturellement à Briand en lissant sa moustache. Luther, en face, reprend en souriant :

– Oui, permettez-moi de vous appeler aussi « mon cher ami »… C'est ainsi que nos deux peuples…

Un bruit de déclencheur d'appareil photo. À l'entrée de la terrasse, une jeune femme brune, à moitié cachée dans la glycine, les photographie. Surpris, Luther et Briand attrapent leurs cannes et leurs chapeaux, se lèvent et battent en retraite vers les automobiles.

Louise Lenfant se retourne et éclate de rire. Non loin d'elle, derrière une autre arche couverte de glycine, Ernst Wibeau prend des notes sur un calepin.

– Vous avez vu ? Ils se sont enfuis comme un couple illégitime… Ils avaient l'air de bien s'entendre. Le rapprochement franco-allemand est dans l'air…

Mercredi 7 octobre, fin de matinée

Ils ont laissé leurs patrons en tête à tête dans cette petite auberge crépie de rose et ont entrepris de déambuler le long du lac. Alexis Leger, regard aigu et sombre, se prépare à une conversation ennuyeuse avec ce Franz Kempner aussi avenant qu'un bonze en prière ou un scribe égyptien penché sur son rouleau de papyrus. Heureusement, le paysage est charmant, l'air léger et printanier, il lui viendrait presque des vers. Hélas, l'heure est à la diplomatie.

Tout à coup, Kempner salue chaleureusement d'un « Chère baronne » une femme d'un certain âge, attablée dans un café et portant turban, et la présente :

– Mariamna Vladimirovna Veriofkina.

Elle les invite à sa table. Aussitôt, le patron accourt avec trois cafés et des macarons aux amandes. Leger observe, amusé, la baronne russe qui semble connaître tout le monde, passe de l'italien à l'allemand et au français avec naturel.

Voyant que son nom n'évoque rien à Leger, Kempner précise :

– Vous connaissez je suppose Kandinsky et la révolution de l'art moderne avant guerre ? Eh bien Marianne von Werefkin a été l'âme de ce groupe de peintres à Munich. Une peintre de première importance, si vous voulez mon avis, et dont le talent mérite une grande reconnaissance.

La baronne a d'emblée semblé distrayante aux yeux de Leger. Comment pourrait-il décrire cette apparition originale ? Un regard vif-argent dans un visage assez lourd. Une dégaine de diseuse de bonne aventure ou de créature de la nuit peu habituée à la clarté du jour et qui se serait égarée dans la vive lumière du Tessin.

Elle ne se fait pas prier pour se présenter avec vivacité et non sans drôlerie. Les montagnes noires de l'Oural, où elle a grandi, sa vocation de peintre que son général de père a respectée, l'atelier d'Ilia Repine à Moscou, puis sa décision de s'installer en Allemagne avec Alexei von Jawlensky, son amoureux, pour y peindre tous les deux, les avant-gardes qu'ils ont contribué à fonder à Munich, le Cavalier bleu, son voyage à Pont-Aven et l'amitié avec Matisse, enfin, en 1914, le refuge en Suisse.

Mais le plus surprenant, c'est Kempner. Derrière l'apparence terne du haut fonctionnaire prussien se cachent un grand voyageur, un mécène de peintres d'avant-garde et un collectionneur d'art nègre depuis qu'il fut, avant guerre, administrateur colonial en Afrique de l'Est. Lorsqu'il évoque les couchers de soleil sur Dar es Salam et les statues qu'il a rapportées, une lueur passionnée brille au fond de ses prunelles sombres.

La conversation s'anime. Les voici évoquant leurs traversées lointaines, la baronne les steppes russes, Kempner les lagons de Zanzibar, Leger le désert de Gobi.

– Nous vantons notre civilisation, lance Leger, mais qu'est-ce qu'être civilisé ? Laisser massacrer sa jeunesse pendant quatre ans dans des tranchées ? Vous connaissez je suppose ces mots de Paul Valéry dans *La Crise de l'esprit* en 1919 : « *Nous autres, civilisations, nous savons maintenant que nous sommes mortelles. Un frisson extraordinaire a couru la moelle de l'Europe. Elle a senti, par tous ses noyaux pensants, qu'elle allait perdre conscience...* » ?

– Vision très lucide, commente Kempner, et, si vous me permettez, d'autant plus intéressante à confronter à ce qu'écrit à la même époque Thomas Mann dans ses *Considérations d'un apolitique*, où il distingue le concept de civilisation, dont la France s'arroge le monopole – par opposition aux « barbares » que nous sommes – et qui s'appuie sur la politique, la société et la littérature, du concept propre à l'Allemagne de *Kultur*, fondé sur l'âme, la liberté et l'art.

– Rassurez-vous, répond Leger, je n'ai jamais pensé que les Allemands étaient des barbares. Je serais bien plus enclin à considérer les différences profondes de notre vision du monde comme autant d'occasions d'échanges fertiles. Je connais mal l'Allemagne, mais je suis persuadé que nous avons beaucoup à apprendre les uns des autres. Ainsi, j'ai été vivement intéressé par l'analyse d'un écrivain de mes amis qui, lui, connaît mieux votre pays, André Gide. Dans ses « Réflexions sur l'Allemagne », parues l'an dernier, il utilise cette image, qui m'a frappé et sur laquelle j'aimerais votre avis : l'Allemagne serait comparable au banian, sans tronc principal, sans définition, sans axe, mais dont la moindre ramille pousse à toute vitesse, dans tous les sens, pour devenir forêt.

Kempner éclate de rire.

– Ha ha ! C'est bien français de voir une Allemagne informe, sans cadre. Mais pourquoi pas le banian ? Cela me plaît assez… Voyez-vous, c'est le produit de notre histoire et de notre géographie, particulières. Qu'est-ce que l'Allemagne ? Pour nous, ce sont les contrées où l'on parle allemand. Elles étaient jusqu'à récemment morcelées en principautés, longtemps assemblées dans un Saint Empire romain germanique qui était une fédération très peu centralisée, laissant les princes à peu près libres. C'est votre Napoléon qui l'a détruit, en 1806, après Iéna, et a déposé les germes du nationalisme chez nous. Nous avons compris qu'il fallait nous unir pour résister à nos puissants voisins. Parce que l'Allemagne, située au centre du continent, souvent envahie, n'a pas de frontières très claires.

– Oh, c'est vrai, intervient la baronne de Werefkin. Savez-vous que les Allemands n'ont pas de mot propre pour dire la frontière ? Ils sont même allés importer notre mot russe « *granitsa* », qui a donné « *Grenze* » en allemand…

– Très juste, chère amie, renchérit Kempner.

Et, en se tournant vers Alexis Leger :

– Le vieux mot allemand qui marquait la limite d'un pays, c'est « *Mark* », la marche : une zone de transition, aux contours flous.

Leger repose sa tasse de café.

– Tout cela est très intéressant, et vous donnez finalement raison à André Gide et à son image du banian. La psychologie propre à chaque peuple est l'une des clés d'explication de ses choix politiques…

– À ceci près, objecte Kempner, que, s'agissant de nous autres Allemands, toute généralisation est dangereuse, justement parce que nous sommes un agglomérat de peuples divers : quoi de plus opposé qu'un Bavarois et un Hambourgeois ou qu'un Rhénan et un Prussien de Prusse-Orientale ?

– Cher monsieur Leger, enchaîne Marianne von Werefkin, je me suis toujours méfiée de la psychologie des peuples, beau fantasme en vérité. Affirmer que l'indéterminé de la forme chez les Allemands les prédispose davantage à la musique, tandis que l'amour des formes des Français les rend supérieurs en dessin et en arts plastiques, c'est vraiment caricatural !

– Mais la langue, chers amis ! N'est-ce pas là notre véritable patrie, celle qui forge notre vision du monde ? Les mots sont nos clés d'accès à l'univers…

La phrase de Leger reste suspendue lorsqu'ils voient Briand et Luther sortir en hâte de l'*albergo* Elvezia, chapeau sur la tête.

Ils se lèvent d'un bond, saluent la baronne et rattrapent leurs patrons respectifs au moment où ceux-ci s'engouffrent dans leurs limousines. Leger a juste le temps d'apercevoir Louise sortir en riant de sous la glycine avec son appareil photo et courir joyeusement vers la baronne, qui lui fait signe de la main.

Mercredi 7 octobre, midi

Stresemann n'en peut plus. Il essaie de cacher qu'il est souffrant, mais les rumeurs vont bon train sur sa santé, c'est insupportable. À côté de lui, sur le lit où il est allongé, une traduction d'un article de Fernand de Brinon intercepté par Kiep et qui doit paraître le lendemain dans le *Journal des débats* :

> La journée d'hier s'est terminée dans une agitation confuse, créatrice de fausses nouvelles. On attendait un miracle qui ne s'est naturellement pas produit et, devant le laconisme forcé du communiqué et le sage silence des délégués, les imaginations se sont bientôt donné libre carrière. C'est ainsi qu'on a appris successivement : que M. Stresemann avait été, en réalité, victime d'une tentative d'empoisonnement ; on ajoutait même que la bouteille d'un vin suspect avait été saisie et qu'après la très chaude séance de l'après-midi MM. Briand et Luther avaient eu une entrevue nocturne clandestine. De telles informations seraient très

risibles si, dans des circonstances si délicates et dans des milieux particulièrement nerveux, elles ne constituaient un péril certain.

La vérité était plus simple. La santé de M. Stresemann, éprouvée par un accès fébrile, s'était tellement améliorée qu'il put, sans trop d'efforts, prendre part à la réunion. Quant à M. Briand, il assistait tranquillement, en compagnie de M. Hesnard, à un spectacle cinématographique au Kursaal, alors qu'on le croyait aux prises avec le chancelier d'Allemagne.

Stresemann compose un numéro sur le téléphone de sa chambre :

– Franz, tu peux venir ?

Il a toute confiance en Franz Kempner. Il est l'ami d'enfance de sa femme, Käte. Leurs familles sont très proches ; elles appartiennent à la grande bourgeoisie juive de Berlin, assimilée et convertie au protestantisme. La belle Käte Kleefeld a eu de nombreux prétendants, mais lorsqu'elle est tombée amoureuse de Gustav, flamboyant orateur, Franz a été son confident et elle-même sait tout de ses inclinations secrètes.

Livide, Stresemann chuchote à son ami :

– Franz, fais venir Gisevius en urgence.

Il n'a pas besoin d'ajouter : « et en secret ».

Le docteur Gisevius arrive à l'hôtel Esplanade dans la nuit, après une journée de route. Berlin-Locarno en quatorze heures seulement, en passant par Nuremberg, Ulm, Bregenz,

Coire… Deux chauffeurs se sont relayés sur les routes de montagne.

Dans sa chambre d'hôtel, Stresemann gît dans ses draps moites de transpiration. Le goitre à la base de son cou est enflé. Ses yeux exorbités lui sortent presque de la tête. Il respire mal, se tient le cœur. On lui donnerait bien plus que ses quarante-sept ans.

Il grimace.

– Aidez-moi à me remettre sur pied, Gisevius, je vous en prie.

– Vous allez vous tuer au travail, lui reproche le médecin.

Le ministre du Reich en fait trop. Mais on ne change pas un bourreau de travail si facilement. Il croit en sa mission. Le genre d'homme à penser que, plus la tâche est ardue, plus on a besoin de lui.

– Monsieur le ministre, depuis que je vous ai diagnostiqué l'année dernière la maladie de Basedow, vous n'avez pas ralenti le rythme. Ce n'est pas raisonnable. Je vous l'ai pourtant maintes fois expliqué : vous devez vous ménager. Votre hyperthyroïdie vous épuise. Votre cœur…

Le malade secoue la tête.

– C'est si important… pour notre pays… je ne peux pas déserter… pas maintenant…

Il n'a qu'un souffle de voix. Il halète.

– S'il vous plaît.

Stresemann sait son temps compté. Deux ou trois ans encore, peut-être un peu plus ?

Kempner, dans un coin de la chambre, songe à son frère Alfons, médecin. Il lui a confirmé, sous le sceau du secret, que Gustav ne pouvait espérer vivre davantage, surtout s'il continuait sur ce rythme fou : son cœur ne le supporterait pas.

Depuis qu'il est malade, Stresemann sent une urgence en lui. La maladie, en écourtant son espérance de vie, a en même temps affiné sa compréhension des hommes et des choses. Il sait ce qu'il doit faire : relever son pays, mais en tendant la main. Le faire revenir sur la scène internationale, où il est pour l'heure traité en pestiféré. C'est pourquoi il a tenu à avoir le portefeuille des Affaires étrangères, qu'il entend garder jusqu'à son dernier souffle.

La piqûre l'a soulagé rapidement. Gisevius lui a promis : « Dans deux jours, vous serez de retour à la table des négociations. »

De sa mallette, le médecin sort un paquet :

– De la part de votre épouse, monsieur le ministre. Elle m'a chargé de vous remettre ceci et ses bons vœux de rétablissement.

Gustav sourit.

Il pense à sa chère Käte, l'amour de sa vie, l'une des femmes les plus spirituelles et les plus élégantes de Berlin. C'est aussi pour elle et pour leurs fils, Wolfgang et Joachim, qu'il veut la paix et la prospérité de son pays, pour mettre hors d'état de nuire les extrémistes et les racistes. Il craint les discours antisémites, qui n'ont jamais cessé de frapper sa femme et ses fils.

Le paquet encore fermé entre ses mains, il s'endort aussitôt. Il ressemble à un gros enfant dans son sommeil, avec son crâne lisse et poupon. Il a retrouvé ses couleurs. Franz va écrire à Käte pour la rassurer.

Journal de Louise, mercredi 7 octobre

J'ai intitulé mon article « Naissance d'une amitié franco-allemande ? ». Illustré de mon cliché de Briand et Luther sur une terrasse d'Ascona, il a enthousiasmé mon rédacteur en chef et sera publié dès demain matin. Ma photo va faire le tour du monde, il paraît.

Je soupçonne le rouquin de me suivre, car je l'ai retrouvé derrière moi à l'*albergo* Elvezia. Je sortais de chez la baronne et marchais sur la promenade devant le lac quand, coup de chance, j'ai vu arriver les deux limousines noires. Il n'allait pas me voler mon scoop, quand même ! Non, heureusement, il n'avait pas son appareil photo sur lui et m'a promis qu'il ne publierait pas son article avant moi.

En quittant l'auberge, je lui ai présenté la baronne, qui prenait justement son café à une terrasse voisine. Elle l'a interrogé en m'adressant un regard amusé. Ernst Wibeau loge lui aussi à Ascona, chez un ami allemand. Ils se sont connus lors de leurs débuts dans le journalisme, à Berlin, après la guerre. Werner Ackermann avait fondé une maison d'édition, ruinée par l'hyperinflation. Il a alors racheté, avec des amis, une colonie d'artistes à Ascona pour en faire une pension de remise en forme. J'avoue que l'expression « colonie d'artistes » m'a fait sourire. À quoi cela pouvait-il bien ressembler ? « Ah, Monte Verità… Un vrai repaire de doux dingues ! a lancé la baronne de Werefkin. Le nudisme et le végétarisme strict, non merci, pas pour moi ! Les gens d'Ascona s'en amusent bien, et moi, je préfère les gens d'ici, même si j'ai beaucoup d'amis là-haut. C'est un lieu qui a attiré quantité d'artistes et d'êtres épris d'absolu, voulant la fraternisation générale, sans préjugés de sexe, de nation ou de classe sociale. Il vaut le détour. Ne serait-ce que la vue de là-haut. Allez-y, chère Lou, puisque vous avez un chaperon. »

Ma curiosité piquée, je me suis laissé guider par Ernst Wibeau. On accède à la colline par de petits escaliers de pierre serpentant entre les maisons. Là-haut, à l'entrée, un grand panneau indique :

> Monte Verità, hôtel, pension végétarienne, centre de repos. La plus belle vue sur le Lago Maggiore. 350 mètres d'altitude. 150 mètres au-dessus du lac. Climat délicieux toute l'année, le plus ensoleillé de toute l'Europe. Haute saison du 1er mars au 1er décembre.
> Hôtel avec confort moderne et éclairage électrique.
> Grand parc. Cabanes aérées. Salon de thé.
> Maison de bains et bains extérieurs. Halles vitrées pour bains de soleil.
> Cure d'air. Cure de fruits. Cure de jeûne.
> Concerts, conférences, cours de gymnastique, de piano et de langues.
> Environnement idéal pour excursions et randonnées en montagne.

Nous avons bu le thé dans un petit pavillon chinois. À nos pieds miroitait le lac, enserré de montagnes d'un vert profond. Sur la pelouse dansaient des femmes en tunique blanche. Une chorégraphie étrange, à mi-chemin de la gymnastique, enchaînant fentes, roues et moulinets des bras. Leurs cheveux lâchés flottaient au vent. Elles riaient en tournant sur elles-mêmes. Des groupes d'hommes et de femmes en sarrau de toile grossière déambulaient en tenant des conversations animées en allemand. « Vous allez faire une cure de repos ? » ai-je demandé à Ernest Wibeau, amusée. « Pour l'instant, la conférence ne m'en laisse pas le loisir », m'a-t-il répondu. Nous nous sommes promenés autour de la colline. L'herbe semblait dorée sous les rayons obliques du soleil d'octobre.

Wibeau m'a peu à peu raconté sa guerre. Je me taisais. J'avais un peu peur d'y retrouver un fantôme. Par moments, je croyais voir Hans, lorsqu'il me décrivait le temps figé au fond des tranchées, l'engourdissement des sens, l'anesthésie de la volonté. Il fallait endurer. Voir un ami se faire faucher et apercevoir chaque matin son corps qui se décomposait sans pouvoir l'enterrer.

Il m'a avoué que, lorsqu'il avait vu la colombe se faire agresser par l'aigle sur la Piazza Grande dimanche dernier, il avait eu comme une hallucination. Il avait revu la boue sale du *no man's land* entre deux rangées de tranchées : une aile grise qui tremblote, sans doute un pigeon voyageur pris dans le feu roulant, puis un éclair s'abat, pluie de feu, de fer et de terre, et quand la fumée se dissipe une plume danse en retombant, un calot déchiré roule et à côté de lui, là où se tenait un instant avant son ami Friedrich, un profond cratère…

Non, ils n'étaient plus des hommes, juste des survivants. Les héros étaient morts. Toute la jeunesse était morte, des deux côtés des barbelés. Il m'a répété qu'ils ne haïssaient pas ceux d'en face. Ils se parlaient parfois même de tranchée à tranchée : « Il fait froid aujourd'hui, vivement la distribution de courrier... » Ils se répétaient qu'ils étaient des hommes comme eux. Simple politesse à mon égard ? Comment faisaient-ils alors pour endurer cela ? Ils encaissaient, en se disant que leur sacrifice allait servir à vacciner le monde contre la guerre, une bonne fois pour toutes. Ce serait la dernière.

Puis vint la paix. Ils crurent un temps qu'on pourrait enterrer la haine, être consolés, retrouver la fraternité. Les soldats allemands regagnaient leur village, leur quartier, en s'abandonnant au grand sentiment divin de la vie, écoutant les bruits rassurants de la vie régulière, les rires d'enfants se poursuivant, les appels des bêtes dans les étables, le tintement des cloches, un moulin à café qui grince en tournant...

Mais ils déchantèrent vite ; l'après-guerre fut affreux. Ce n'était pas tant d'être vaincus que de voir la guerre perdurer : la hideuse guerre civile, les révolutions, les assassinats, les combats de rue, les appels à la haine et à la vengeance. La moitié de ses amis étaient morts, l'autre moitié s'invectivaient ou émigraient. Et lui se sentait coupable d'avoir survécu.

Il s'est tourné vers moi, ses cheveux roux formaient comme une auréole autour de sa tête, et il m'a dit que l'Allemagne était au bord du gouffre. Puis, après un silence : « Il faut que vous compreniez : ces discussions pour la paix arrivent bien tardivement et la France a manqué de belles occasions depuis la fin de la guerre pour tendre la main à la nouvelle Allemagne démocratique. D'abord le traité de Versailles, qui nous mène au précipice. Un éditorialiste très connu chez nous, Kurt Tucholsky, a écrit à son propos ce poème satirique : “On nous donne une paix d’annihilation, et une nouvelle fois après vingt ans, de nouveaux canons rouleront. Ce ne sera pas la paix des braves, ce sera de la démence sur le vieux volcan. Guerre à la guerre et paix sur toute la terre !” Puis l’occupation de la Ruhr. J’y ai fait des reportages. Pendant que les troupes d’occupation festoyaient, la population mourait de faim. C’était terrible. Le régime d’occupation était si dur qu’il a suscité un ressentiment allemand bien plus profond que lors de l’occupation napoléonienne. » Ernst, l’air sincèrement bouleversé, a ajouté que le grand Thomas Mann avait alors écrit à peu près ceci : le drame, c’était qu’un fiasco français, si souhaitable soit-il à ses yeux, signifierait le triomphe des nationalistes dans le pays ; fallait-il vraiment piéger la meilleure Allemagne dans ce dilemme ?

Je n’avais pas jusqu’ici réalisé à quel point les Allemands souffraient des humiliations infligées par la France. J’ai dû hériter du caractère de maman, qui voyait toujours le bon côté des choses, car je lui ai dit mon espoir que le pacte soit signé. En vérité, je n’en sais rien.

Le soir, il y a eu un dîner à Monte Verità. Il y avait de grandes tablées, des femmes portant des couronnes de fleurs et de feuilles, des hommes en chemise de paysan, beaucoup de liberté, de rires, de regards doux et fous. Werner Ackermann a fait les présentations. Son associé le peintre Hugo Wilkens, la danseuse Charlotte Bara, qui a fait une entrée gracieuse avec Carl Rütters, un psychiatre aux épaisses lunettes. À ma surprise, Marianne von Werefkin était là. Deux de ses amis peintres l’accompagnaient, Walter Helbig et Otto Niemeyer Holstein, avec lesquels elle vient de fonder un collectif d’artistes nommé La Grande Ourse. J’ai aussitôt été adoptée, seule Française parmi cette assemblée très germanique.

L'humeur était joyeuse. Chacun a raconté la création, au début du siècle, de ce lieu hors du temps, colonie d'artistes et utopie radicale. Les cabanes « air et lumière » spartiates, munies d'un lit de fer et d'une couverture, même en hiver, les baignoires à l'air libre, les repas de gruau et de baies, les cheveux longs, les amples tuniques à l'antique, la nudité et la danse sous le soleil. Puis la conversation a dévié sur les nouvelles tendances artistiques.

La baronne, impétueuse, dominait l'assemblée. Elle défendait la révolution esthétique du début du siècle, celle de l'art moderne, art émotionnel, spirituel et symboliste, procédant d'une nécessité intérieure plutôt que de la réalité, et dont elle fut l'une des égéries, aux côtés de Vassily Kandinsky et d'Alexei von Jawlensky, au sein de la Nouvelle Association des artistes de Munich et du Cavalier bleu.

Cet art lyrique, c'est du passé, aujourd'hui on ne parle plus que de « nouvelle objectivité », depuis la récente exposition de Mannheim. « Rationalisation », « standardisation », « dépersonnalisation », on n'a plus que ces mots à la bouche. L'homme de l'ère industrielle disparaît au profit de la machine, de l'objet inanimé, quand il ne sombre pas dans la corruption et la déchéance. D'ailleurs, on n'arrête pas de perfectionner les machines. Il paraît aussi que, bientôt, le cinéma sera parlant. Et puis qu'un jour on logera dans des « machines à habiter », comme celle de ce Suisse, Le Corbusier, visible en ce moment à l'Exposition internationale des arts décoratifs à Paris.

Pour finir, Charlotte Bara a invité toute l'assemblée à son ballet de la paix samedi prochain. « À ne pas manquer ! Elle se produit sur les plus grandes scènes d'Europe », m'a dit ma voisine de table. J'ai bien l'intention d'y aller. Lilli avait raison. Quel lieu incroyable ! Oui, il me semble revivre.

Ernst Wibeau m'a raccompagnée. La nuit était belle, les étoiles scintillaient, une comète a traversé le ciel. Nous n'avons pas dit un mot jusqu'à ce qu'il me quitte sur le pas de ma porte, après son petit salut prussien.

Jeudi 8 octobre, après-midi

La Liberté :

Rien n'a été négligé pour frapper l'imagination des foules : hier, dans un décor d'idylle, le chancelier du maréchal Hindenburg et le diplomate de la pacifique démocratie française réconcilient la France et l'Allemagne en buvant de la limonade gazeuse, en fumant des cigarettes et en mangeant des raisins. Oublions le passé : c'est si simple quand on veut…

On se dira seulement, en France comme en Allemagne, que le film d'Ascona aurait pu être tourné un peu plus tôt. On se dira que ce n'était pas la peine de continuer la guerre jusqu'à ce que le militarisme prussien fût abattu, puisque les Alliés traitent aujourd'hui avec Hindenburg triomphant.

On fait croire aux démocraties ce qu'on veut. Et après avoir convaincu l'électeur français de se faire casser la tête pour abattre le Kaiser et le junker, on le persuade que le maréchal Hindenburg est un loyal

> soldat-laboureur, avide de paix, auquel il faut tendre la main. Le pacifisme de 1925 fera couler beaucoup de sang en nous désarmant devant une Allemagne qui ne rêve que revanche, agression, invasion.
>
> *Jacques Bainville*

Alexis Leger repose la presse du jour, qu'il vient de faire lire à Briand. Décidément, Jacques Bainville a le sens des formules, la haine tenace et tant de lecteurs… La paix n'est pas encore gagnée.

Seize heures sonnent au clocher de la Madonna del Sasso. Autour de la table carrée, Gustav Stresemann a repris sa place, un peu plus pâle, mais l'air déterminé. Officiellement, il a eu un simple refroidissement. En son absence, la troisième séance n'a pas permis de progresser, laissant de côté les deux points litigieux, notamment l'entrée de l'Allemagne à la SDN. La quatrième séance de négociations commence.

Briand observe, derrière la fumée de sa cigarette, les yeux cernés et légèrement rougis de Stresemann. L'Allemand a mal dormi sans doute. A-t-il contemplé, comme lui, la lune encore presque pleine de son balcon en songeant à la vanité des querelles humaines, infimes poussières sous les astres ?

La parole est maintenant au ministre du Reich. Tous les regards sont braqués sur lui, l'attention est extrême. Stresemann jette un coup d'œil circulaire sur la table, comme pour s'imprégner de l'ambiance. Puis il se lance. Il a eu le temps, pendant son absence, de réfléchir à ses arguments. Il s'exprime d'abord très librement, presque sans se préoccuper des règles de l'art oratoire en politique. Sans doute pour marquer les esprits.

– Messieurs, permettez-moi de résumer l'enjeu de l'entrée de l'Allemagne à la Société des Nations. Les statuts de la SDN imposent à ses membres, en cas de conflit, d'aider l'État agressé selon trois modalités : *primo*, une participation militaire directe, or, désarmés, nous ne le pouvons pas ; *secundo*, laisser passer des troupes à travers leur pays : je vois mal des troupes étrangères traverser notre pays désarmé sans que cela sape la paix intérieure ; *tertio*, participer au boycott du pays agresseur. En ce cas, imaginons que la Russie attaque la Pologne : un boycott allemand serait sans aucun doute interprété par la Russie comme une déclaration de guerre. Le danger pour l'Allemagne, nous l'avons mesuré en 1920, lorsque les Russes ont occupé la Pologne et sont arrivés à la frontière allemande. Quatre mille soldats l'ont même franchie ! Seul l'arrêt de l'offensive russe nous a épargné une invasion. Personne ne nous serait venu en aide. Nos forteresses à l'est ont été démantelées et nous ne pouvons plus nous défendre.

« Impeccable, son argumentation, jusqu'à présent. Sans doute va-t-il nous assener, pense Briand, le danger bolchevique. » Cela ne manque pas. Stresemann explique qu'il n'y a pas que des organisations nationalistes en Allemagne, mais aussi le Roter Frontkämpferbund, la Fédération rouge des combattants du front, qui prépare la révolution à Dresde, à Hambourg et à Berlin. Il hausse la voix :

– On a mis l'Allemagne hors d'état de faire la guerre à l'extérieur et, par une singulière contradiction, on demande à présent qu'elle fasse la guerre en cas d'agression !

Puis il regarde Briand dans les yeux et ajoute :

– Messieurs, il faut s'en tenir aux faits, tels qu'ils ont été amenés non *par*, mais *contre* la volonté de l'Allemagne.

Ainsi lancé, il poursuit sa diatribe :

– En 1919, vous, les Alliés, vous êtes opposés à notre entrée dans la SDN. L'Allemagne reconnaît ses obligations internationales, mais cette reconnaissance ne signifie pas celle d'une *Kriegsschuld*, d'une culpabilité de la guerre. Comme nous l'avons écrit dans notre mémorandum de février, par lequel nous vous avons proposé un pacte rhénan, l'Allemagne n'assume pas la responsabilité d'une faute morale.

Un épais silence recouvre la salle. « Ça y est, pense Briand, ils recommencent avec leur rejet d'une faute morale. C'est une obsession chez les Allemands… »

Stresemann parcourt du regard son auditoire et reprend le fil de son discours. Il ne souhaite pas un traitement d'exception pour l'Allemagne, seulement qu'on tienne compte de cette période de transition où son pays, déjà désarmé, se trouve dans une situation particulière, le désarmement n'étant pas généralisé. Pourquoi ne reprendrait-on pas la formulation du protocole de Genève conclu le 2 octobre 1924, chaque État signataire devant coopérer loyalement pour s'opposer à toute agression en fonction de sa position géographique et de l'état de son armement ? C'est pourtant simple, non ?

Briand répond calmement. La discussion est, selon lui, arrivée à un point central. Toute la négociation tourne autour de ce pivot. La SDN est fondée sur un principe d'égalité. Si l'on veut l'égalité, on ne saurait avoir de réserves. Mais l'Allemagne dit maintenant qu'elle ne veut pas participer au boycott économique d'un pays agresseur. M. Stresemann a affirmé que l'Allemagne et la Russie n'étaient pas liées par un traité autre que celui, public, de Rapallo. Si tel est le cas, alors l'Allemagne devrait apporter son aide au boycott de la Russie. Un grand pays ne peut pas refuser de coopérer. Les réserves émises par l'Allemagne, dit Briand, ont empli l'air d'électricité et lui d'inquiétude. On ne peut pas avoir un pied dans la SDN et un pied dehors. Si la Russie devenait agressive, alors l'Allemagne serait entourée d'amis, qui la soutiendraient. Si l'Allemagne rejoint la SDN, sa voix sera d'autant plus prise en compte qu'elle est désarmée. Mais si elle veut déroger au principe d'égalité, bénéficier de toute la protection de la SDN sans contribuer elle-même à cette protection, alors sa voix perdra en force.

Chamberlain toussote et vient en renfort :

– Ne croyez pas que l'Angleterre et la France ont les pleins pouvoirs à la SDN. Pas du tout. Les petits pays n'approuveraient pas non plus que l'Allemagne ait un traitement dérogatoire.

Émile Vandervelde, le ministre belge, opine.

Le chancelier Luther, qui rongeait son frein en griffonnant sur son petit carnet noir, pose soudain son stylo et lève la main pour prendre la parole :

– L'Allemagne ne veut pas n'entrer qu'à moitié dans la SDN, mais sa situation géographique particulière est un fait. Le peuple allemand est conscient des menaces de cette situation. Depuis des siècles, l'Allemagne a été le champ de bataille de beaucoup de guerres. Il s'agit simplement de trouver une formulation qui calme les inquiétudes de l'opinion allemande.

« Leur duo fonctionne bien, pense Briand. Un coup, Luther frappe et Stresemann passe la pommade, et le coup suivant, c'est l'inverse... » Et de répondre aussitôt :

– Monsieur le chancelier, je suis sensible aux arguments allemands concernant l'opinion publique. Mais les opinions sont diverses et l'on ne doit pas accorder une importance excessive aux positions des franges les plus agitées. Les badauds ne désirent pas raisonner, ils veulent palpiter...

La formule déclenche de petits rires parmi la délégation française. Briand reprend avec un large sourire :

– Si l'Allemagne veut une interprétation de l'article dans le sens du protocole de Genève qui évoque les situations militaire et géographique, alors essayons en effet de trouver une formulation qui satisfasse l'Allemagne.

Luther opine. Stresemann sourit. Les Allemands ont l'air de respirer. La stratégie des petits pas est décidément la bonne. La séance s'achemine vers sa fin.

Avec une fausse nonchalance, Chamberlain observe que jamais il n'a assisté à un débat plus intéressant et plus constructif, et il s'y connaît, comme tout Anglais éduqué, en *formal debates*. Selon lui, tous les participants ont exprimé le souhait de trouver une solution et le débat a certes été poussé aux limites de la diplomatie, mais il a gardé de la tenue.

– Tout a été dit et tout doit être entendu. Ce fut assurément une séance des plus utiles.

Il faut reconnaître au lord anglais l'art de tirer les conclusions. La prochaine séance est fixée au surlendemain, samedi 10 octobre.

Télégramme de Luther à Hindenburg jeudi 8 octobre

Cher Monsieur le Reichspräsident !

En complément des comptes-rendus qui vous sont adressés, je souhaite ce soir vous donner mes impressions personnelles des pourparlers au terme de quatre séances plénières. Comme tout demeure encore incertain et sujet à modifications, et que les principales questions n'ont pas encore pris forme, il est pour l'instant impossible de dresser un bilan circonstancié. Cependant, d'après nos observations, nous ne pouvons douter de la bonne volonté des Anglais, des Français et des Belges à parvenir à un accord positif et acceptable pour l'Allemagne.

La forme de nos échanges est parfaitement correcte. Aucune tentative de nouer des relations sociales au-delà de nos relations professionnelles n'a jusqu'à présent été entreprise par l'autre côté. Nous demeurons bien sûr en retrait. La seule exception est le directeur de notre service de presse, dont le métier demande de nouer des relations plus personnelles afin d'obtenir des informations.

Ma discussion hier matin avec Briand, dans un petit café du village d'Ascona, a été très chaleureuse et instructive, mais a aussi montré toute la difficulté des questions à résoudre. Aucun pronostic n'est encore possible quant au résultat final, ni sur la durée prévisible des négociations.

La santé de Stresemann est complètement rétablie. Je saisis l'occasion pour vous remercier pour les mots aimables que vous m'avez adressés, ainsi qu'au gouvernement du Reich.

Avec l'expression de ma plus sincère vénération, je demeure votre dévoué et fidèle

Luther

Jeudi 8 octobre, soir

Les rires résonnent dans un salon particulier du Grand Hôtel, les verres s'entrechoquent autour d'une vaste table. L'humeur est à la détente parmi la délégation française. Berthelot, Leger, Fromageot, Massigli et Hesnard écoutent, réjouis, Aristide Briand raconter son entrevue avec Luther. Comment il a malaxé le chancelier, l'a assaisonné aux petits oignons, lui a servi son numéro de Shéhérazade… Mais, pour finir, il est ravi d'avoir trouvé un homme honnête, réfléchi et qui parle français. Ça l'a rassuré pour la suite.

Et puis lui, Briand, se sent très libre, il n'a pas besoin de pacte avec les Allemands. Ce sont eux qui ont pris l'initiative, il l'a acceptée en les mettant au pied du mur, maintenant, il faut qu'ils sautent, et hop ! – il fait le geste du dompteur maniant le fouet.

– Oh ! mais j'ai réussi à faire rire notre cher Massigli… Trinquons ! s'exclame-t-il.

René Massigli, austère protestant et fidèle du ministre, rougit derrière ses lunettes de myope. Oswald Hesnard rit.

Massigli et lui se sont connus pendant la guerre au bureau chargé de contrer la propagande allemande, à Berne.

– Eh bien, dit Berthelot négligemment, serions-nous sur la voie de ce que notre ami Claudel écrivit il y a peu sur la complémentarité entre l'Allemagne industrielle et la France agricole et coloniale : « un associé encombrant et désagréable vaut encore mieux qu'un débiteur insolvable et enragé » ?

Les rires fusent autour de la table. Le vin coule dans les verres de cristal. Briand desserre un peu plus son col et sa cravate. Très en verve, il raconte à présent ses plaidoiries d'assises. Les seize acquittements qu'il a obtenus malgré les crimes avoués. Le type qui, relaxé, lance au terrible président Lemieux : « Vous vous croyez malin, eh bien je vous ai foutu dedans : c'est moi qui l'ai tué… »

– Vous imaginez ma tête, Fromageot, moi qui avais plaidé l'innocence ?

Henri Fromageot sourit avec indulgence sous son haut front dégarni : le distingué juriste de la délégation cultive la discrétion de bon aloi de la bourgeoisie versaillaise.

Briand poursuit sur sa lancée :

– Et la mine funèbre du gars le jour de l'enterrement de sa femme : « Le pauvre ne s'en relèvera pas », dit l'un des croque-morts. « C'est elle surtout qui ne s'en relèvera pas », fait l'autre croque-mort !

Éclat de rire général. Briand a l'art du bon mot. Il enchaîne avec son retour à pied de Nantes à Saint-Nazaire en une nuit après une plaidoirie, des histoires de pêche au maquereau, la ferme à cochons chez lui à Cocherel. Les visages luisent de bon vin et de rire.

Le dîner terminé, Briand se penche vers Hesnard :

– Eh, l'ami ! Vous venez voir avec moi le dernier film de Charlot ? Il paraît qu'il est épatant.

Tandis que Berthelot, qui sait que le patron a besoin de temps en temps de distractions, emmène avec autorité Leger, Fromageot et Massigli préparer la négociation du lendemain, le ministre et son interprète se dirigent vers le cinéma de Locarno.

La Ruée vers l'or déclenche des tempêtes de rire. Briand ne boude pas son plaisir. Il aime le petit vagabond solitaire et attendrissant de maladresse, qui enchaîne les gags, successivement suivi par un ours, pris pour un poulet par un chasseur, réduit à manger sa chaussure, faisant danser des petits pains, abandonné le soir de Noël par l'élue de son cœur…

Au fond, peut-être Charlot lui rappelle-t-il le jeune Aristide qui aidait ses parents dans leur cabaret chantant, faisait rire ses copains, puis, jeune avocat sans le sou, avait surnommé ses godillots crevassés l'un Vole-terre, l'autre Bois-l'eau… Peut-être se sent-il proche de Charlot le vagabond, lui qui fut trahi et délaissé par la femme qu'il aimait et qui jamais ne s'est marié, ni n'a fondé de famille.

Journal de Louise, jeudi 8 octobre

« Les jours s'ajoutent aux jours, les années aux années, et bientôt la vie est passée. Mieux vaut en rire, n'est-ce pas ? » C'est ainsi que Marianne von Werefkin m'a parlé d'elle et de l'amour de sa vie, Alexei von Jawlensky, bel officier de près de quatre ans son cadet, devenu peintre. De lui, elle a tout accepté, l'union libre, ses liaisons. Elle s'est même arrêtée de peindre pendant dix ans, afin de se consacrer entièrement à la carrière de son homme. Elle croyait en son génie. Ce long temps de renonciation à la peinture lui a permis de se frotter aux nouvelles tendances, le symbolisme, Munch, Cézanne, Matisse, Gauguin, les nabis, et de laisser mûrir dans son âme une peinture neuve, intérieure et personnelle, qui a commencé à éclore en 1906.

Dans leur appartement de la Giselastrasse à Munich et dans leur maison de Murnau, dans la campagne bavaroise, ils ont peint ensemble, reçu leurs amis, Vassily Kandinsky, Gabriele Münter et tant d'autres. Ils discutaient du spirituel dans l'art. Marianne animait les soirées. C'était une époque créative, celle du Cavalier bleu. On les nommait « expressionnistes ». Ils exposaient partout et s'amusaient follement. La guerre entre l'Allemagne et la

Russie y a mis un terme. Ils ont dû fuir en laissant tout derrière eux. Réfugiés en Suisse, ils ont sombré dans la pauvreté. Sur les conseils de Kandinsky, ils se sont installés à Ascona, où la vie est moins chère qu'à Zurich. C'était en 1918.

Marianne s'est tue brusquement. Je regardais cette femme si entière, aux yeux sombres étincelants. Son menton tremblait légèrement. Je n'osais plus l'interroger. Pourtant, une question me brûlait les lèvres : qu'était devenu Alexei von Jawlensky ? Elle a dû me deviner, car elle s'est redressée et a jeté : « Alexei m'a quittée pour la cuisinière. C'était un vendredi, il y a trois ans. Mon amour est mort et vingt-neuf années de ma vie de femme ont été réduites à néant. Depuis, je suis seule et encore plus pauvre, mais la peinture, elle, me maintient en vie. Je l'ai compris lors de la nuit de Noël suivante, que j'ai passée dans la montagne, seule, au milieu des ténèbres. C'était terrifiant, insensé. Là, dans le retrait total de l'âme, je ne sentais plus le froid et il m'aurait été bien égal qu'il pleuve des étoiles ou des courges. Au matin, en sortant de la forêt, j'ai vu le soleil apparaître au-dessus de la montagne pour embraser le lac. J'ai su que j'allais peindre cette vision et que j'aimais follement la vie. »

J'ai demandé à Marianne l'autorisation de la prendre en photo, ainsi que ses tableaux. En rentrant, j'écrirai un article sur elle.

Cet après-midi, pendant que les délégués siégeaient au palais du Pretorio, je me suis promenée au bord du lac.

Sur la plage, j'aperçois un attroupement. Une femme blonde effectue des exercices de gymnastique et de danse rythmique. Son corps sculptural est moulé dans un maillot de bain ruisselant d'eau. Les pêcheurs ont suspendu leurs lignes, un balayeur en blouse grise reste planté là, menton appuyé sur ses deux mains tenant son balai, un jeune commis a arrêté son triporteur et crie : « *Brava!* » La foule grandit.

Je vois arriver un journaliste allemand que Wibeau m'a présenté, Konrad Krampff, le correspondant de la *Kreuzzeitung*, le Journal de la croix, lu par Hindenburg et par les junkers prussiens. Balafre sur une joue, cheveux rasés sur les tempes, épaules carrées, stature d'ancien champion de natation de la Baltique qui ne craint pas l'eau froide. L'air décidé à ne pas se laisser ravir la vedette, il entre dans une cabine de bain, en ressort en maillot bleu revêtu de l'insigne du club de natation de Rostock et, sifflotant, au petit trot, se jette à l'eau. Il nage superbement, soigne son style, enchaîne les longueurs au sein de l'admirable panorama des montagnes enserrant le lac.

Entre-temps, la gymnaste a cessé son numéro et s'est rhabillée. La foule se disperse. Je demeure sur un banc, décidée à observer la suite des événements. Le bellâtre, sans doute frigorifié, sort de l'eau, et tombe nez à nez avec la naïade en train de le photographier. Elle aime visiblement photographier les corps masculins. Il bombe son torse musclé. Ils rient beaucoup. J'entends des bribes de conversation. Il lui pardonne volontiers, tout en y mettant la condition qu'elle lui montrera les photos. Elle s'appelle Leni et était danseuse. « Danseuse soliste au Deutsches Theater de Berlin », précise-t-elle. Blessée au genou, elle a dû arrêter la scène et se refait une santé à Locarno, à nager et randonner. Elle rêve de se reconvertir en actrice de films de montagne. Elle a déjà tenu un rôle de figurante dans *Les Chemins de la force et de la beauté*, un film sur la culture du corps libre, qui vient de sortir. Le cinéma, c'est ce qu'il y a de mieux pour devenir une vedette, n'est-ce pas ? Un jour, les films seront parlants et alors ce sera la gloire. Elle va sans doute faire son chemin et, qui sait ?, devenir célèbre, cette intrépide Leni. Pour le moment, elle a conquis Krampff. Ils repartent bras dessus, bras dessous. Une escouade d'une demi-douzaine de chemises noires rapplique, éructant, faces rougeaudes et jambes écartées, maniant le gourdin d'un air menaçant. Les mœurs fascistes arrivent sur les rives helvètes du lac Majeur. Je m'éclipse prudemment.

Lettre de Stresemann à sa femme, vendredi 9 octobre

Ma chère et tendre Käte,

Je te remercie infiniment pour ton paquet et les merveilles qu'il contenait, fidèlement remis par notre bon docteur Gisevius, sous l'œil amical du cher Kempner. Comme je te l'indiquais dans mon télégramme, je suis complètement rétabli et même, je dois le dire, dans une forme éblouissante, si si…

La conférence se déroule fort bien jusqu'à présent. Même si nous avons encore de sérieux écueils sur le chemin d'un accord, les discussions ont pris un tour on ne peut meilleur. Point besoin de te préciser, mon cher petit cerveau sur pattes, que tout ce que je te raconte doit rester entre nous, streng geheim, *même pour Wolfgang et Joachim. Le mieux est que tu détruises cette lettre ou que tu l'enterres six pieds sous terre.*

Oui, figure-toi que la relation avec Briand est excellente. C'est un homme étonnant à connaître. J'ai l'impression que nous pourrons faire un bon chemin ensemble. Je regrette beaucoup de ne pas parler le français, mais au-delà de l'interprète, notre communication passe aussi par les regards, les rires et tous ces petits gestes qui révèlent une personnalité.

Il a un caractère fort agréable, je le confesse. Soit il est un merveilleux comédien, soit, ce que j'ai la faiblesse de penser, il est réellement ce qu'il semble. Si l'on essaie de s'égarer dans le pathos ou l'exagération, aussitôt un éclair de cet œil ironique et tendre, un trait d'esprit suffisent à ramener l'imprudent à la raison. Il est ainsi très difficile à tromper. J'ai rarement rencontré un homme aussi lucide et intuitif.

Une autre raison qui me fait l'apprécier, c'est qu'il aime beaucoup plaisanter. Je pense que nous partageons cet art de détendre les situations bloquées d'une bonne blague. C'est si important en politique. Ce qu'il y a de plus remarquable en lui, c'est qu'il n'a aucune haine pour quiconque, juste une tristesse souriante, une pitié pour ceux qu'il désapprouve. Mais pas de rancune, pas de mesquinerie. Je me rends compte que je suis en train de tresser ses lauriers. Raison de plus pour détruire cette missive. Tu imagines si elle tombait dans des mains nationalistes ?

Bref, je ne peux m'empêcher de penser qu'il a de l'amitié pour moi. Pour te décrire un peu le personnage, car, pour le moment, tu dois penser que mon récit est un peu pâlot et abstrait, voici quelques anecdotes qui t'en diront plus qu'un long et laborieux discours.

Même s'il a quelque part une maîtresse qui l'attend beaucoup, ce vieux célibataire de Briand vit désormais dans son appartement de fonction au Quai d'Orsay. On l'y dorlote, il passe du lit au bureau, c'est bien pratique. Mais ne t'inquiète pas, ma chère Käte, tel n'est pas mon idéal ! Bref, on lui fiche une paix royale dans ce logement, au point qu'un jour, me raconte-t-il, une femme de ménage a trouvé dans une pièce à l'écart un vieux clochard qui y dormait. Et Briand de commenter, l'air heureux comme un enfant : « J'ai regretté qu'on ne me l'ait pas amené, nous aurions fait copain-copain… » J'en suis resté bouche bée.

Et sais-tu comment il décrit l'art de la négociation ? Il dit ceci : « Sur le marché aux bestiaux, il est deux sortes de paysans, celui qui transige et vend sa vache et celui qui se bute et la ramène. Évitez de ramener la vôtre... » Tu comprends maintenant pourquoi nous nous entendons, toi qui me traites toujours de paysan madré. Je préfère de beaucoup négocier avec un Briand qu'avec un Schiele ou un autre ministre nationaliste, qui n'ont pas un sou d'humour.

Certes, sous ses dehors patelins, il sait être coriace. C'est un mélange de fermeté et de main tendue, il y en a pour tout le monde. Il sait contourner les obstacles, évite de heurter frontalement son interlocuteur. Il me rappelle notre marchand de vin, qui arrive toujours à nous vendre une petite caisse en plus à un prix d'ami, à la satisfaction générale. Un homme si sympathique, mais qui a le sens des affaires.

Enfin, tu ne devineras jamais, il m'a emmené pêcher à la ligne avec Oswald Hesnard, qui nous servait d'interprète. Nous nous sommes rendus dans un petit village un peu à l'écart de Locarno. Le concierge de son hôtel l'avait recommandé à un vieux pêcheur, qui nous a prêté son matériel et installés en bordure du lac, sous un saule. Briand, on aurait dit qu'il avait fait cela toute sa vie. Pendant qu'on était là, tranquilles, sur nos pliants, casquette sur le crâne, nos cannes à la main, attendant que cela morde, il me racontait, les yeux brillants, ses parties de pêche en Normandie et en Bretagne. C'était une épopée digne de la légende des Nibelungen, je t'assure.

Je lui ai bien sûr raconté le cabaret et la brasserie de mon père à Berlin, mes débuts au syndicat des fabricants de chocolat de Dresde et j'en passe. Bref, nous avons parlé de nos vies de la manière la plus joyeuse qui soit, en buvant bière sur bière (moi surtout) et en fumant cigarette sur cigarette (lui surtout).

Ah ! et puis nous nous sommes promis d'échanger les meilleures caricatures qui paraissent sur nous. N'oublie pas de m'envoyer ton assortiment favori. On pourra en rire ensemble. Au fond, nous partageons un caractère optimiste d'enfants du peuple qui ont grimpé les échelons.

Bon, je dois te laisser. Schubert, Gaus et Stockhausen, la fine fleur de la diplomatie allemande, viennent d'entrer pour notre réunion de préparation de la prochaine séance. On ne rigole plus, mais c'est pour la bonne cause.

Porte-toi comme un charme, ma Käthchen chérie, et salutations paternelles à nos chers enfants,

Ton Gustav qui pense à toi tendrement.

Journal de Louise, vendredi 9 octobre

Dans les caves de l'hôtel Esplanade, il y avait un orchestre épatant qui jouait du fox-trot, du shimmy et une nouvelle musique venue d'Amérique, le charleston. Trompettes, saxophones, banjo et batterie jouaient à un rythme qui électrise tout le corps : les jambes et les bras se mettent soudain à tressauter, comme mus par une volonté propre. Frieda Chemnitzer, la correspondante de l'*Allgemeine Zeitung*, nous a montré les pas, à Ernst Wibeau et moi. Nous nous sommes fondus dans la masse, abandonnés à la pulsation, aux battements, c'était sauvage et grisant.

Wibeau m'a présenté plusieurs journalistes et diplomates allemands. Un grand type grisonnant observait les danseurs déchaînés, sans danser lui-même. J'ai reconnu l'interprète de Briand, Oswald Hesnard. Il saluait les uns et les autres, tous les Allemands semblent le connaître. Wibeau aussi l'a salué et m'a présentée. « Ah, c'est vous l'article du *Courrier de Genève* sur la rencontre du chancelier et du ministre à Ascona ! Je m'étonne, mademoiselle, que ces messieurs ne vous aient pas invitée à prendre le café avec eux… » J'ai répondu à Hesnard : « La prochaine fois, je ne dirai pas non, surtout pour fêter la signature de l'accord. »

Le lendemain matin, des tréteaux étaient dressés sur les pavés de la Piazza Grande. Il y avait foule. Roulement de tambour. Trois coups ont retenti, le rideau cramoisi s'est agité. Deux personnages masqués de *commedia dell'arte* ont surgi. Le public, enchanté, a acclamé Scaramouche et le Capitan, aux vêtements bigarrés, grandes bottes et casques à plumets. Invectives, rodomontades, on riait. Les deux matamores ont dégainé leur épée pour un duel désopilant, tout en cabrioles et moulinets grotesques. À leur tour sont apparus, dans des costumes blancs et visage enfariné, Polichinelle et Colombine, une colombe en carton à la main. Essayant de réconcilier les duellistes, ils avaient beaucoup de mal à les séparer, prenant eux-mêmes quelques coups. Puis, lassés par le combat, les deux ennemis ont fini par conclure une trêve : avisant Polichinelle, travesti en fille, et l'accorte Colombine, ils leur ont fait la cour, chantant sur un rythme endiablé de tarentelle une chanson dont le refrain était « *Amore, ma non guerra!* ». Les comédiens ont salué sous les vivats et un tonnerre d'applaudissements.

Il n'a échappé à personne que Scaramouche portait un justaucorps bleu blanc rouge et des plumes de coq, tandis que le Capitan arborait un uniforme strié de noir, rouge et or, ainsi que des plumes d'aigle. J'ai pris quelques photos qui pourraient être une pittoresque illustration de la conférence.

« Avez-vous lu mon article ? » m'a apostrophée Fernand de Brinon en me donnant un exemplaire du *Journal des débats*.

« Locarno, le 8 octobre

M. Briand a eu une conversation particulière avec le chancelier Luther, tel est le fait de la journée d'hier [...]. Le chancelier garde en Allemagne un prestige considérable. Le fait qu'il n'appartient à aucun parti politique le met à l'abri d'attaques violentes. On le sait patriote énergique et honnête ; on convient qu'il incarne la patrie allemande et les plus sectaires n'osent pas incriminer ses actes et ses intentions. [...] il était bon qu'il pût s'expliquer librement avec M. Briand. La parfaite connaissance qu'il possède de notre langue [...] rendait l'entretien commode. Il était bon de ne le point retarder.

[...] M. Briand disait, hier, avec humour, en recevant les journalistes, que, tandis qu'on naviguait sur le lac de Locarno, il arrivait d'apercevoir des sous-marins qui voudraient bien torpiller le navire. C'est une image juste. Il existe, on en connaît même quelques-uns ici, bien des gens qui aimeraient faire échouer les négociations de Locarno. Le premier est M. Tchitcherine, machiavélique diplomate d'ancien régime, au service du soviétisme. [...] M. Tchitcherine est allé brouiller les cartes à Berlin plutôt que soigner son diabète. [...] Il est bien remarquable que les hommes de l'Internationale soient les plus déterminés adversaires de la pacification et les alliés naturels des nationalismes les plus intransigeants. »

André Meyer et Ernst Wibeau m'ont fait signe, attablés au Gran Caffè. Je n'avais pas tort de parler d'amitié.

Meyer m'a annoncé, radieux : « J'ai des cousins Wibeau à Lyon, Ernest et Amédée, alors on est peut-être cousins… » Puis Wibeau a enchaîné : « Possible, car mon aïeul Wibeau est parti de Saint-Étienne à la fin du dix-septième siècle. »

Une voix haut perchée s'est immiscée dans la conversation : « On est peut-être tous cousins germains, mais ça ne vous a pas empêchés, vous les boches, de nous envoyer la Grosse Bertha pendant la guerre de 70 et les gaz pendant la dernière guerre. Une belle cochonnerie, l'ypérite ! Écoutez plutôt ce qu'écrit Léon Daudet dans l'*Action française* d'hier, c'est bien vu : "Briand va dire à l'Allemagne : Embrassons-nous, ce à quoi l'Allemagne va répondre : Soit, mais déligotez-moi avant. L'Allemagne enveloppe son véritable dessein, la revanche…" »

Henri Saintonge plastronnait. Des invectives se sont élevées.

« Saintonge, cessez de nous casser les pieds avec votre Grosse Bertha revancharde ! Vous en êtes tellement obsédés, vous les émules de Maurras, qu'on dirait que vous en êtes amoureux… » a lancé André Meyer, s'attirant de nombreux rires.

« Embrassons-nous ! Embrassons-nous ! » ont repris en chœur plusieurs voix.

Ludovic Naudeau, l'envoyé spécial de *L'Illustration*, a éclaté de rire. « Ah, ce cher Léon Daudet ! N'est-ce pas lui qui, dans son livre *La France en alarme*, en 1904, appelait de ses vœux, face à la puissance montante des États-Unis d'Amérique, les États-Unis d'Europe ? »

« Qui n'a pas commis d'erreurs de jeunesse ? s'est récrié Henri Saintonge. Et depuis, il y a eu la guerre fomentée par les belliqueux Teutons ! Ces barbares ont la guerre dans le sang. Ils vous font les yeux doux, mais, vous avez vu ?, ils ont empoisonné Stresemann… »

« Pas du tout, il était de retour hier à la table des négociations », a objecté Jules Sauerwein, du *Matin*. Tout le monde sait que Sauerwein est proche de Briand, sa source est donc sûre.

« Hum, si vous me permettez… Selon un proverbe anglais, "Celui qui s'amuse à peindre l'image du diable sur un mur finit par le voir apparaître"… Oh, pardonnez mon incivilité, je ne me suis pas présenté : Ted Parker, du *Daily Mirror*. »

« Cher Mister Parker, sans aller jusqu'à parler du diable, si vous avez, à côté de votre porte, un nid de guêpes et qu'il vous est impossible de le détruire, le meilleur moyen pour assurer votre sécurité est de vous abstenir d'aller à chaque instant surexciter lesdites guêpes par toutes sortes de demi-mesures inconsidérées. » Naudeau a souri, content de sa formule. Il l'a déjà utilisée dans son livre qui vient de paraître, *En écoutant parler les Allemands*, et adore la resservir.

Ted Parker, en bon Britannique soucieux d'équilibre sur le continent européen, a fait remarquer que, à l'évidence, la France était aujourd'hui plus forte en Europe que Napoléon à l'apogée de son règne. Et qu'il n'en coûtait pas grand-chose à l'Allemagne de reconnaître ses frontières sur le Rhin, n'étant pas en état de faire la guerre à la France, même si elle en avait envie.

Restés silencieux, les journalistes allemands avaient préféré laisser débattre leurs confrères des pays vainqueurs, quand soudain une voix à l'accent germanique s'est élevée : « La semaine dernière, j'ai assisté à un banquet donné à l'hôtel Adlon à Berlin en l'honneur du directeur du Théâtre de l'Odéon de Paris, Firmin

Gémier. Un grand comédien français. Il n'y avait pas d'esprit de revanche, ni d'un côté ni de l'autre. Au contraire, les plus hauts représentants du théâtre allemand et du théâtre français ont fraternisé en parlant de paix. C'est ce que veulent les peuples. »

Ernst Wibeau m'a glissé : « C'est Hermann Mauthe, le correspondant de la *Sonntagszeitung*. Il soutient Stresemann. »

Mais le petit Saintonge ne désarmait pas. Il s'est agité sur son siège et sa voix aigrelette a retenti : « Oui, mais avez-vous vu comment l'ancien Kronprinz s'est fait acclamer à Königsberg pour avoir déclaré que les Allemands devaient laver l'affront de la honte et qu'il fallait vaincre ou succomber ? »

J'ai vu des photos de cette visite, largement répandues dans la presse française, montrant une foule entourant la voiture de Guillaume de Prusse, l'héritier de l'ancien Kaiser, et la forêt de bras levés en signe d'hommage.

Pour couper court à cette polémique, j'ai pris mon courage à deux mains et lancé dans cette assemblée masculine : « Eh bien moi, je trouve que les Allemandes ont bien de la chance d'avoir le droit de voter ! »

Comme ces messieurs me regardaient, ébahis, j'ai enfoncé le clou : « Et quand les femmes votent, la paix progresse... »

« ... et la beauté aussi ! m'a répondu galamment Alfred Mallet, du *Figaro*, reprenant ses esprits. Ah, madame ! qu'il serait dommage de délaisser les élégances pour les bureaux de vote... Tenez, voici justement pour vous une annonce de trois marchandes de frivolités à Paris, Mlles Brigitte, Hortense et Caroline... »

J'ai haussé les épaules en riant : « Je ne suis plus parisienne depuis longtemps, cher monsieur. »

« Ne vous laissez pas faire », m'a glissé Geneviève Tabouis, petite dame à la robe noire sage, aux col blanc et gants glacés, représentant *La Petite Gironde* et *Le Petit Marseillais*.

« Ah, dommage... a fait le journaliste du *Figaro* avec un clin d'œil. Remarquez, à Paris en ce moment, la mode féminine se réduit au plus simple appareil : il paraît qu'une revue nègre vient de démarrer au Théâtre des Champs-Élysées. Un succès fou ! Il y a une jeune danseuse noire américaine vêtue d'une simple ceinture de bananes. J'aimerais bien voir ça ! »

Un tonnerre de sifflements et d'exclamations s'est élevé.

« Vous êtes incorrigible, l'a taclé la Tabouis, et à moi : N'écoutez pas ce mufle, ma chère. »

« Tenez, à propos de théâtre, j'ai entendu dire qu'on jouerait bientôt à l'Odéon *L'Arlésienne* de Georges Bizet. *L'Arlésienne*, vous voyez ?... "La Marche des rois" : si ce n'est pas d'actualité... » Et Mallet d'entonner d'une belle voix : « De bon matin, j'ai rencontré le train de trois grands rois qui allaient en voyage... »

Aussitôt, l'air est repris en chœur par toute la tablée. On chante, on fredonne, on martèle le rythme. Bientôt, les tables voisines s'y mettent, de mâles voix aux consonances italiennes, allemandes ou anglaises se mêlent au chant allègre, le reprennent en canon, ct le café entier bourdonne joyeusement.

Soudain, une pensée me glace : tous ces hommes ont fait la guerre, ils ont tiré...

Samedi 10 octobre

Le *Fiori d'arancio* vogue au milieu du lac. Sur le pont, une robe de mousseline claire papillonne parmi des costumes sombres. Lady Chamberlain a accueilli la nouvelle d'une croisière en l'honneur de son anniversaire avec une joie qui lui a fait oublier un instant sa retenue britannique. À quarante-sept ans, Ivy Muriel Chamberlain reste charmante et le sait. La fille du colonel Dundas forme avec son mari l'un des couples les plus *glamour* de Londres. Leurs enfants sont prometteurs. Joseph, leur aîné, est champion de rugby à Eton, le cadet, Lawrence Endicott, chante d'une voix d'ange dans le chœur d'enfants de Westminster, et leur fille, Beatrice Diana, fait déjà sensation du haut de ses treize ans.

Lady Chamberlain abrite son teint de porcelaine sous une large capeline de paille au ruban ivoire noué sous le menton. Son regard aigue-marine planté sur l'écume à la proue du navire, elle contemple maintenant la danse joyeuse des gouttes, qui se détachent un instant pour caresser l'air, dans un élan euphorique, avant de rejoindre la masse d'eau, de s'y fondre et de s'y retrouver, dans la tendre communion de leurs milliards de sœurs. Il lui semble, à elle aussi, être en communion avec l'univers en cet instant.

Cette femme de haute ascendance ne regrette visiblement pas d'être venue à la conférence. Son époux est certes très occupé, mais la villégiature est agréable. Que de beaux récits en perspective dans les salons londoniens…

Le capitaine du navire s'incline devant elle pour lui proposer de venir visiter le poste de pilotage. Lady Chamberlain le suit en souriant, puis ressort. Elle préfère le grand air. Elle tient le vent, comme disait sans doute sa grand-mère écossaise, qui s'y connaissait en bourrasques.

Les chefs de délégation sont en conclave dans la cabine, trop petite pour accueillir tout le monde. Sir Cecil Hurst et Carl von Schubert fument sur le pont en se racontant leurs souvenirs de courses au Royal Ascot avant guerre.

Alexis Leger s'incline devant Lady Chamberlain. Il parle un anglais tout à fait correct. Elle l'interroge sur ses voyages. Accoudé au bastingage, ses yeux sombres rivés sur la frange étincelante des vagues, il lui raconte les mangroves aux Antilles, la Cité interdite en Chine, les yourtes en Mongolie, les sanctuaires shinto au Japon, les rites funéraires à Samoa, les pirogues de Tahiti. Il pourrait ajouter un périple sur la Lune, elle resterait imperturbable.

Philippe Berthelot s'approche.

– Notre ami poète est un conteur-né, n'est-ce pas ? Ses dépêches de Pékin seront à publier un jour. Le Quai d'Orsay s'enorgueillit de compter parmi ses membres des hommes de lettres de premier plan…

Leger rougit un peu.

– Oh oui, réplique Lady Chamberlain, c'est tout à fait admirable ! M. Leger a déjà pris la peine de me détailler les rites autochtones dans trente-six pays d'Asie et du Pacifique… Quelle chance vous avez dans la diplomatie française ! Au Foreign Office, nous n'avons que des joueurs de rugby ou de cricket – quand ils ne se prennent pas pour des jockeys…

Berthelot éclate de rire. La *lady* a de la repartie. Leger s'assombrit : il a l'orgueil facilement blessé et craint d'en faire les frais bientôt dans les meilleurs salons londoniens.

Des fenêtres ouvertes de la cabine, on entend fuser des rires. Qu'y a-t-il de si drôle dans les épineux articles du pacte en négociation ?

Lady Chamberlain plaisante Sir Cecil :

– Leur avez-vous mis une bouteille de Old Scotch dans la cabine ?

– Rien que de l'eau et de la limonade, *Madam*.

– Eh bien, quels sujets d'amusement…

Le *Fiori d'arancio* accoste sur la rive opposée du lac le temps du déjeuner. Chamberlain, Briand, Luther et Stresemann sortent de la cabine, la mine réjouie. Ceux que la presse surnomme désormais « les quatre grands » ressemblent à des garnements complices qui viennent de se raconter des histoires drôles. Briand et Stresemann, en particulier, enchaînent les plaisanteries.

– Qui a dit que les Berlinois n'avaient pas d'humour ? Celui-là en regorge, glisse Briand à Berthelot. Ah, au fait ! On s'est mis d'accord sur les termes de l'adhésion de l'Allemagne à la SDN, nous leur enverrons une note d'interprétation qui leur convienne. Affaire réglée. Cet après-midi, on s'attaque aux frontières orientales. En attendant, j'ai faim, faisons honneur à la table.

Le repas est joyeux. On comprend la bonne humeur des quatre grands : dans la cabine, Briand et Stresemann ont sorti les caricatures qui les montrent chacun à la solde de l'autre, l'un en garçonnet en culottes courtes à côté d'un géant, l'autre en frêle esquif à la remorque d'un paquebot ou en petit poisson sur le dos d'un plus gros ; les dessins circulent maintenant parmi les convives. L'hilarité est à son comble. Si les caricaturistes savaient…

Briand et Stresemann veulent préparer ensemble leurs discours respectifs destinés à leurs parlements, décidés à jouer le jeu à fond.

Le petit rosé frais fait merveille. Ils multiplient les toasts. « À la paix ! » « À la réconciliation des peuples ! » « À l'Europe unie ! » Alors Stresemann lève son verre et lance :

– À la justice ! Un jour, l'Histoire reconnaîtra que l'Allemagne n'a pas été responsable de la guerre…

Briand, du tac au tac :

– La justice ? Mais, mon cher ami, je ne sais toujours pas ce que c'est, même après avoir été trois fois ministre de la Justice… Chacun réclame la justice pour soi, mais c'est toujours aux dépens du voisin. Alors que peut-on faire pour apaiser la querelle ? Eh bien, on cause, on cause, jusqu'à ce que, lassés, chacun finisse par céder sur un point mineur par-ci, un détail par-là, une broutille enfin. Ainsi, peu à peu, à petits pas, cahin-caha, on se rapproche et les esprits échauffés finissent par se calmer. C'est ça, la politique, et je m'y connais. Mais la justice… la justice, qui peut la définir ?

Stresemann éclate de rire.

– Levons nos verres à l'amitié !

Journal de Louise, samedi 10 octobre

Pendant la croisière des délégués, la mairie de Locarno, qui décidément gâte les journalistes, nous a proposé un tour des villages tessinois à flanc de montagne.

J'étais réticente à suivre la troupe bruyante. J'avais envie d'un peu de calme après ces intenses journées. Ernst Wibeau m'a proposé un tour en barque et nous voilà partis, du petit port d'Ascona, sur une embarcation légère peinte en bleu avec une étoile blanche à la proue. Il ramait, je regardais les montagnes. Nous nous taisions. Je ne voulais pas qu'il s'imagine quoi que ce soit. Je voulais simplement un peu de calme. Et un homme qui rame pour moi, ce n'est pas désagréable, je l'avoue.

Était-ce le balancement des rames ? le clapotis ? le miroir d'eau ?, des souvenirs remontaient. Je pensais à cet auteur aujourd'hui disparu, Marcel Proust, dont vient d'être publié le sixième tome de sa *Recherche du temps perdu, La Fugitive*. J'ai demandé à Wibeau s'il le connaissait, mais il n'est pas encore traduit en allemand. Pour sa part, il m'a recommandé le dernier roman, paru l'an dernier, de Thomas Mann. Une histoire dans un sanatorium suisse, qui fait saisir en profondeur l'âme allemande, m'a-t-il dit. Un joli titre au demeurant, « La Montagne magique », *Der Zauberberg*, sans doute non encore traduit, car fort long, mais selon lui un sommet, sans jeu de mots.

La littérature nous a ouvert les portes d'une belle conversation. Il paraît soupeser chaque mot qu'il prononce. Non parce qu'il parlerait mal le français, qu'il maîtrise fort bien en réalité, mais par souci du mot juste, me semble-t-il.

À un moment, il m'a dit : « Il y a en chacun de nous un enfant qui veut croire en la Providence et un adulte qui se demande comment y croire face au déferlement du mal. » Dans les tranchées, sous le feu des canons, il a douté de l'existence de Dieu. Il avait une petite bible sur lui.

Un jour, quelque temps après avoir vu son ami Friedrich, un clarinettiste féru de Brahms, déchiqueté dans l'un de ces immenses cratères creusés par les obus, il a relu le verset de Luc 12:7 nous exhortant à ne pas craindre, car chacun de nos cheveux sera compté. Il pensait aux cheveux de son copain mort, fauché dans l'éclat de sa jeunesse, à ses cheveux blonds qui commençaient de pourrir dans la boue.

Même lorsque arrivait la relève et qu'il pouvait quitter quelques jours le front pour aller se reposer dans un village, il ne parvenait plus à goûter la beauté du paysage, des feuillages aux mille nuances, des trilles de merles. Il frissonnait de dégoût devant l'indifférente beauté de la nature, qui donnait en pâture à d'obscurs animaux souterrains la chair des soldats morts et faisait bourgeonner des fleurs sur leurs ossements. La nature, dont il aimait tant jadis la générosité, lui était devenue étrangère, car elle était insensible aux souffrances des hommes, froide comme les étoiles au plus profond du firmament

La colère montait en lui. Une révolte contre la foi léguée par ses parents et par toute sa lignée de pieux huguenots, qui avaient préféré leur croyance à leur pays. Cette foi n'était-elle pas vaine ? N'était-elle pas morte elle aussi dans les tranchées ? Il était à présent sur la terre de ses ancêtres, prêt à tuer peut-être de lointains cousins ou à être un jour tué par eux. Cette lutte fratricide n'avait aucun sens. Sa génération était sacrifiée : pourquoi ?

Et là, il s'est souvenu d'une lecture en classe de philosophie. Les trois métamorphoses décrites par Nietzsche dans *Ainsi parlait Zarathoustra* : comment l'enfant devient chameau, le chameau devient lion, enfin le lion redevient enfant. Ainsi, l'esprit d'enfance advient après la métamorphose en chameau, puis en lion. Il n'est pas en deçà du tragique de l'existence, mais au-delà. La colère et la révolte face au mal se trouvent résolues dans l'esprit d'enfance.

C'est ainsi que, d'une manière étonnante, Nietzsche l'a aidé à renouveler sa foi. Il n'a pas cessé de croire en la Providence, bien au contraire. Il se sentait un peu seul, bien des camarades se moquaient de lui, eux qui ne croyaient plus. Ils tombaient les uns après les autres, sans consolation. Et lui, Ernst, survivait, providentiellement.

Ses paroles m'ont ébranlée, moi qui suis en recherche de foi. Si je n'ai pas vécu les horreurs des tranchées, j'ai eu mon lot de malheurs. Mais j'ai toujours cru que j'allais m'en sortir. Jamais la confiance ne m'a abandonnée. Ai-je donc conservé cet esprit d'enfance dont parle Ernst ?

Il m'a fait remarquer que j'avais employé le verbe « croire ». Et que dans « confiance », il y a le mot « foi ». Nous avons ri. Je lui ai demandé comment il définirait la foi. Il a réfléchi et m'a dit : « La foi, c'est la confiance dans l'amour. » J'ai dû rougir, car il m'a regardée drôlement.

En fin d'après-midi, nous sommes repartis à Locarno. Sur le quai, déjà nombre de nos confrères attendaient le retour de croisière des délégués. L'humeur était gaie. Les petits vins bus dans les riantes bourgades faisaient leur effet.

Très en verve, Jules Sauerwein était lancé dans une grande théorie sur la finasserie : « À Locarno, tous finassent, disait-il. Stresemann y est contraint par l'instabilité de sa situation intérieure, il veut à la fois la paix et la renaissance de la force allemande. Dans une lettre au Kronprinz en septembre, n'a-t-il pas expliqué que le meilleur moyen d'obtenir l'évacuation de la Rhénanie et la rectification des frontières orientales était de finasser comme Metternich en 1809 ? Mais les Anglais finassent tout autant pour maintenir l'équilibre des forces sur le continent, leur obsession. Et, hostiles à une intimité franco-allemande, ils freinent la détente pour rester maîtres du jeu. Quant à notre champion, Briand, que fait-il sinon finasser, coincé entre sa volonté de paix et l'ire de nos nationalistes devant les manquements allemands sur le désarmement ? »

Le plus excité était Fernand de Brinon, rédacteur en chef du *Journal des débats*. Avec ses confrères de l'agence Havas, ils se sont lancés à la poursuite du *Fiori d'arancio*. Mais leur canot à pétrole était trop lent et leur marin a catégoriquement refusé de pénétrer dans les eaux italiennes, redoutant de recevoir des coups d'escopette des farouches douaniers de Benito Mussolini. Et c'est depuis un télescope posé sur la terrasse de l'hôtel de la principale des deux îles de Brissago qu'ils ont suivi le navire qui portait la conférence. Il se serait arrêté au village de Luino, où Lady Chamberlain serait descendue revoir les fresques de la vieille église pendant que les délégués poursuivaient leurs discussions à bord.

Les conversations allaient bon train. Lorsque, enfin, le *Fiori d'arancio* a accosté, la nuit était déjà tombée. Nous nous sommes précipités pour poser nos questions, ça a été une belle mêlée. Tous, nous voulions savoir s'ils étaient parvenus à un accord sur l'entrée de l'Allemagne dans la SDN et sur les frontières orientales.

Chamberlain est sorti le premier, la mine réjouie, avec à son bras Lady Chamberlain tout enrubannée. Ils se sont engouffrés, très stars, dans leur Rolls-Royce rouge, sous les flashs des appareils photo.

Luther et Stresemann ont suivi, un grand sourire aux lèvres, mais sans piper mot.

Enfin, Briand est descendu de la passerelle d'un pas nonchalant. Il s'est arrêté un instant. La tignasse plus ébouriffée que jamais, il a agité la main pour demander le silence. Nous nous sommes approchés, le cœur battant. « Je me contenterai, mes amis, de vous dire ceci... » Chacun a retenu son souffle. « Eh bien, j'ai passé la journée à observer les poissons et, croyez-moi, j'ai été frappé par une de leurs principales qualités : le silence. »

Quel maître, ce Briand ! Il arrive à nous mettre dans sa poche en ne disant rien. Mais ce rien, nous l'avons tous interprété comme un bon signe. Les délégués ne seraient pas de si bonne humeur s'ils avaient juste contemplé les poissons.

Samedi 10 octobre, soir

La famille Bachrach vivait d'un prospère commerce de la soie en Belgique, où elle organisait des soirées artistiques. Puis elle a été contrainte par la guerre de se replier en Allemagne, accueillie chez le peintre Heinrich Vogeler à Worpswede, avant de venir, en 1919, s'installer près d'une autre colonie d'artistes, Monte Verità. Quand Charlotte Bachrach arrive avec ses parents à Ascona à l'âge de dix-sept ans, elle est déjà une danseuse accomplie, constate Rudolf von Laban, son maître de danse.

Rudolf von Laban aime à découvrir les nouveaux talents. Il aime aussi beaucoup les danseuses. Comme Helma von Shoneheit, fille d'un libraire berlinois, remarquée par Rudolf alors qu'elle se tordait comme une liane entre deux rayonnages, en équilibre sur des escabeaux, pour prélever d'une main délicate les livres demandés. Rudolf, très sensible à son corps élastique, a enlevé la jeune fille de quatorze ans pour l'emmener danser, nue, sur les prairies d'Ascona. C'était juste avant la guerre. Il prônait une danse libérant les femmes et elles, envoûtées par son charisme, rampaient, sautaient, grimpaient selon leurs impulsions profondes. Il voulait que leurs pieds caressent le sol, le vent caresse leur corps, l'air inspiré caresse leurs poumons.

Six années ont passé ainsi. Puis Charlotte est arrivée, avec son talent et son aura de tragédienne-née, et Helma n'était plus la plus jeune ni la plus adulée. C'est alors qu'un cinéaste allemand en repérage dans les Alpes, Arnold Fanck, a proposé à Helma de mettre la souplesse de son corps au service de l'escalade dans des films de montagne, alors très populaires, et le cinéma l'a emportée.

Charlotte Bachrach a pris pour nom de scène Charlotte Bara et a vite triomphé dans toutes les capitales européennes. Mais elle aime à rentrer, entre deux tournées, à Ascona, où son cher père, revenu à meilleure fortune, lui a promis de lui construire un théâtre à sa mesure.

Ce soir du 10 octobre 1925, elle a tenu à danser en l'honneur de la paix au théâtre municipal de Locarno. L'on s'y presse, plus une chaise n'est libre. Le public est bigarré, habits et robes de gala y côtoient sarraus de grosse toile. Trois musiciens entonnent la Chaconne de Bach.

La jeune danseuse de vingt-quatre ans apparaît sur une scène dépouillée dans une tunique claire et légère, cousue de bandes argentées géométriques, aux manches évasées. Ses longs cheveux noirs, retenus par un bandeau ceignant son front, ondulent comme de la soie. Ses mouvements sont lents, à peine déliés, et ses pas serrés. Elle ne suit pas aveuglément le rythme de la musique, mais cherche à épouser le courant profond de la composition. La bouche et les yeux clos, elle semble s'abandonner à une extase, comme si la danse était chez elle une très ancienne mission sacerdotale, entre mystique médiévale et danse sacrée de l'Inde. Ses mains surtout, ses mains ont leur vie propre, elles ouvrent, offrent, élèvent, supplient, parfois elles prient.

Alexis Leger a d'abord été gêné par les grands pieds, les jambes musclées et l'expressivité emphatique de la danseuse. Mais il a peu à peu succombé, comme tout le public, à l'univers étrange de Charlotte Bara. À ses côtés, Franz Kempner semble aussi hypnotisé qu'un fakir devant un cobra.

À la fin du spectacle, Charlotte et les trois musiciens saluent sous les vivats et les applaudissements, tandis que trois fillettes en robe blanche, des rameaux d'olivier dans leurs cheveux blonds, jettent des fleurs au public. Louise, enthousiasmée, prend une photo de la scène et se penche vers Ernst :

– C'était merveilleux, n'est-ce pas ?

Dans le foyer, un buffet champêtre est dressé. Rudolf von Laban lève son verre en l'honneur de Charlotte Bara, qui a rejoint son public en costume de scène. Ils ont la surprise de voir fondre sur eux Helma von Shoneheit, qui n'était pas revenue depuis cinq ans. Helma, moulée dans un pullover et cambrée dans un knicker d'alpiniste, a la bouche rouge et les cheveux courts laqués en accroche-cœurs sur ses tempes. L'homme auprès d'elle est le cinéaste Arnold Fanck.

Une jolie blonde s'approche en minaudant. Louise la reconnaît : c'est la gymnaste du bord du lac, avec son appareil photo. Leni tombe dans les bras du cinéaste. Ces deux-là se connaissent bien, visiblement.

Pendant que Konrad Krampff, l'ancien champion de natation et journaliste de la *Kreuzzeitung*, s'éloigne, dépité, de la volage Leni, et que Helma, abandonnée pour la deuxième fois, descend les verres de vin les uns après les autres, les trois fillettes en robe blanche ont rejoint un géant barbu. Teint frais, longue chevelure blonde retenue par un bandeau, en tunique, short et sandales grossières, l'homme rustique fait sensation.

– Gusto est revenu, chuchote-t-on. Le voici avec ses filles Trudchen, Lottchen et Heidi.

– Qui est ce vagabond sorti de sa grotte ? demande Louise à Marianne von Werefkin.

– Vous ne croyez pas si bien dire, ma chère Lou. Gusto Gräser a vécu ici en ermite dans une grotte pendant quelques années après avoir fondé avec quelques amis la petite colonie de Monte Verità. C'était au début du siècle. Il est peintre aussi, comme l'un de ses frères, des Allemands des Carpates, mais lui a décidé très jeune de tourner le dos à la civilisation. Un authentique *Naturmensch*, un homme de la nature : il fabrique lui-même ses vêtements, se nourrit de plantes. Mais c'est un esprit profond, lettré, grand lecteur de Tolstoï et de Lao-tseu.

Ernst Wibeau, qui a suivi l'échange avec attention, ajoute à l'intention de Louise :

– Gusto Gräser s'est acquis une petite notoriété en Allemagne. Il y parcourt les routes en roulotte, avec sa famille, donne des conférences sur la non-violence, le respect de la nature, distribue ses poèmes notés sur des cartes postales. J'ai écrit un article sur lui.

– Gusto !

Un homme émacié, aux petites lunettes cerclées, s'avance vers lui et le prend dans ses bras.

– Hermann ! Je vois tes livres dans toutes les librairies d'Allemagne. Ton *Demian* me vaut une de ces popularités ! Il suffit qu'on me présente comme le modèle de ton roman et les gens accourent.

Hermann Hesse est venu dès qu'il a su que Gusto Gräser était de retour à Ascona. Il est descendu de sa colline de Montagnola, près de Lugano, où il s'est installé après la guerre en quittant femme et enfants pour tenter une nouvelle vie. Gräser n'est pas étranger à cette conversion. C'est là, à Monte Verità, qu'ils se sont rencontrés en 1907, et quelques semaines de jeûne dans la grotte de son ami ermite ont marqué à jamais Hesse. Gräser met en pratique tout ce dont Hesse rêve.

– Gusto, mon professeur de liberté… Toujours *Wanderheiliger*, saint errant, par monts et par vaux ?

– Pas un saint, mais toujours pèlerin ! À propos, j'ai beaucoup aimé ton dernier livre, *Siddharta*. Cela me rappelle nos conversations. Tu te souviens ? Tu étais arrivé anxieux, et je t'ai dit : « Viens, on va jeûner, ça va te débarrasser de tes soucis et te ramener à l'essentiel. » Eh bien, dans ce livre, tu le touches du doigt, l'essentiel.

– Merci, mon ami. Et toi, quel bon vent t'amène ? Cela faisait longtemps que tu n'étais pas revenu dans la région.

– Le souvenir béni des automnes ensoleillés sur la montagne de la vérité… Mais, entre nous, le Monte Verità est devenu un peu trop commercial à mon goût.

Gräser retourne ses poches pour montrer qu'elles sont vides, ses yeux clairs brillent d'éclats de rire.

– Tu sais bien que je préfère rencontrer les hommes plutôt que l'argent.

– Et d'où arrives-tu ?

– De Berlin. Une conférence à l'Anti-Kriegs-Museum, le musée anti-guerre, que vient de créer Ernst Friedrich, un type épatant.

– Oui, il a eu raison de montrer le vrai visage de la guerre, les blessés, les mutilés, les exécutions, les charniers, dans son livre *Guerre à la guerre*. Puis, une main tendue, paume offerte, vers un homme et une femme à ses côtés : Gusto, tu te souviens de Hugo et Emmy Ball et du Cabaret Voltaire à Zurich ? Ils m'ont rejoint sur ma colline d'or. Des écrivains et artistes de première classe, qui ont osé révolutionner l'art et le langage.

Gusto Gräser tourne les yeux vers le couple. Hugo Ball, visage aigu au regard noir, et Emmy Ball-Hennings, grands yeux mélancoliques sous sa frange coupée au milieu du front.

– Oui, bien sûr, dit-il en s'adressant à Hugo Ball. Votre mouvement dada était une intéressante dénonciation de notre monde dit moderne, mais une impasse. J'ai aussi apprécié votre *Critique de l'intelligentsia allemande* contre le nationalisme et le militarisme : un livre courageux, en pleine guerre.

– Merci, répond Ball. Je crois que la guerre, comme toute apocalypse, apporte la destruction de l'ancien monde et la révélation d'un nouveau à construire…

– Hugo et Emmy se sont convertis au catholicisme, précise Hesse en souriant. Imaginez les discussions passionnées qui sont les nôtres…

– Mais, poursuit Ball, il faut aussi lire les romans d'Emmy, *Prison* et *La Flétrissure*. Ils sont…

– Des livres parmi les plus vrais et les plus émouvants de notre temps ! renchérit Hesse.

Hugo entoure Emmy de son bras. « Ils ressemblent à un couple de vieux enfants miraculés », pense Marianne von Werefkin en les apercevant. Elle les salue avec chaleur. Ils sont amis depuis leurs années de bohème à Munich, avant la guerre. Le jeune poète habitait chez Kandinsky quand il a rencontré Emmy dans un cabaret de Schwabing où elle chantait et parfois se donnait à des hommes quand l'argent manquait.

Marianne leur présente Louise Lenfant comme une jeune Française habitant Genève et qui s'amuse à prendre en photo les grands de ce monde lors de leurs conciliabules secrets.

– Vous connaissez mon ami Romain Rolland ? lui demande, intéressé, Hermann Hesse. Romain est le seul Français à ma connaissance qui ait compris mon *Siddharta*…

Louise, un peu gênée par le regard perçant de l'écrivain, répond qu'en effet elle a eu la chance de rencontrer l'auteur d'« Au-dessus de la mêlée » dès 1914, mais elle est rapidement interrompue :

– Pourriez-vous aussi nous présenter, chère baronne ?

Derrière elle, Franz Kempner s'incline rapidement, accompagné d'Alexis Leger.

Dimanche 11 octobre, journée

Stresemann abaisse la vitre de l'automobile. Son médecin lui a prescrit du repos ce dimanche, avant d'affronter la reprise des négociations ; une excursion en Italie a été décidée. La route est bordée de ravissants villages. Des cascades rebondissent au loin sur des falaises, des ruisseaux courent au fond de la vallée. Le poste-frontière a été prévenu. Les *carabinieri* saluent respectueusement les passagers. Après une heure de route, ils arrivent à Domodossola.

L'auto s'arrête au pied d'une petite colline d'où part un sentier parsemé de chapelles. Les Allemands sont heureux de se dégourdir les jambes. Kempner a tout prévu. D'où ce diable d'homme tire-t-il donc toutes ses connaissances ?

– Voici, dit-il, le Sacro Monte Calvario, l'un des sept sanctuaires sacrés du Piémont, une curiosité unique au monde. Les quinze chapelles baroques forment un chemin de croix géant érigé lors de la Contre-Réforme : dans chacune, un groupe de statues grandeur nature raconte une scène de la vie du Christ.

– Franz, lance Stresemann, tu penses que la situation est si désespérée que tu nous emmènes en pèlerinage faire des prières pour la paix ?

– Et pourquoi pas ? Ça ne peut pas faire de mal, Gustav, répond Kempner.

– Quel joli *Wanderweg* ! s'exclame Carl von Schubert. Rien de mieux qu'une petite promenade pour nous ouvrir l'appétit. Le premier qui arrive en haut aura double portion et le dernier paiera la tournée !

Paul Schmidt, l'interprète, et Max von Stockhausen, le conseiller personnel du chancelier, se sont déjà élancés à grands pas.

– Laissez, Schubert, dit Stresemann. Vous voyez bien que notre ami Stockhausen est chez lui en terre catholique.

Le ministre a un faible pour le jeune juriste, d'une vieille famille de Westphalie. Son fils Wolfgang aime discuter de musique et jouer au tennis avec l'élégant Max, qui vient de se fiancer à une demoiselle von Papen.

À la deuxième chapelle, Stresemann s'arrête et s'assied sur un banc.

– Laissons les jeunes gambader.

La vue sur la petite ville médiévale du val d'Ossola, entourée de paysages alpins, est magnifique.

Après le déjeuner dans une petite auberge nichée sous des arcades, les diplomates reprennent la route. Une autre vallée pittoresque, et le lac Majeur s'offre à nouveau à eux, plus au sud, à Pallanza, une ancienne cité romaine sur une presqu'île.

Dirksen et Strohm, de la délégation allemande, les attendent, attablés à une terrasse ensoleillée, porteurs d'une dépêche relatant un fâcheux incident. Le général à la retraite Sixt von Armin, à l'inauguration d'un monument aux morts à Berlin, a conclu son discours aux soldats en disant : « Notre premier devoir est de respecter notre serment au Kaiser. » Comme si la république n'existait pas… Stresemann soupire. Sûr que les Poincaré et Clemenceau vont exploiter l'affaire et colporter l'image d'une Allemagne restée militariste et impérialiste. Le ministre parcourt rapidement la presse : rien encore sur l'incident.

> La conférence de Locarno semble avoir jusqu'à présent bénéficié d'un temps favorable, à l'exception du petit rhume de M. Stresemann, dû au changement de climat (le passage de l'âpre atmosphère deutsch-national de Berlin à la douceur automnale de Locarno semble avoir été difficile pour lui, malgré sa capacité d'adaptation bien connue).

Stresemann sourit, amusé, à cette évocation d'un « petit rhume » par Erich Schairer dans la *Sonntagszeitung*.

> Le pacte occidental semble bouclé, mais l'accord final à Locarno dépendra du pacte oriental, qui s'annonce compliqué… Personne au monde ne croit que les nouvelles frontières de l'Allemagne à l'est soient durables. Le corridor polonais qui coupe la Prusse-Orientale du reste de l'Allemagne est un

> « *Unding* », une chimère. Comment accepter cela ? Les négociations entrent dans le dur. L'heure de vérité a sonné. Il se pourrait que M. Stresemann ait un retour de son rhume… Il est temps que la presse nationaliste cesse de souffler la haine des Français. L'Allemagne et la France sont une fratrie, enfants d'une même mère, l'Europe. Une fratrie peut autant se haïr qu'elle devrait s'aimer. Il n'y a qu'un seul choix : disparaître ensemble ou bien enfin, enfin se donner la main.

« Bien vu, pense-t-il en reposant le journal du dimanche. Une fratrie, oui. Abel et Caïn, Étéocle et Polynice, Romulus et Rémus : la ressemblance entre frères exacerbe la rivalité. Et pourtant ils devraient s'aimer. »

Il est temps de rentrer pour la visite ce soir de Beneš. Le Premier ministre tchécoslovaque veut lui parler des tribunaux d'arbitrage et sans doute des minorités. Mais que la vue est belle ! De la terrasse de Pallanza, il contemple les îles Borromées qui se découpent sur l'eau, entourées d'une nuée de bateaux. De l'un d'eux s'échappent des clameurs et des chants : sûrement des touristes en goguette.

Journal de Louise, dimanche 11 octobre

Hier, je n'ai pas voulu manquer l'excursion aux îles Borromées offerte aux journalistes par la municipalité de Locarno. Nous étions plus d'une centaine, faisant autant de bruit qu'une colonie de vacances. Nous avons mis cap au sud du lac Majeur. L'air était transparent, les couleurs, éclatantes. Une brise légère faisait onduler le drapeau suisse à la poupe.

Sur le pont arrière, Ludovic Naudeau avait rassemblé autour de lui un auditoire de jeunes confrères. Le vénérable correspondant de *L'Illustration* racontait son récent périple dans toute l'Allemagne pour essayer de répondre aux questions : l'Allemagne est-elle assagie ? Est-elle de bonne foi ? « Prenons l'Allemagne au mot, attribuons-lui une loyauté qu'elle n'a peut-être pas, rendons-la prisonnière des honnêtes intentions qu'elle affiche. C'est l'enchevêtrement croissant des intérêts économiques franco-allemands qui nous procurera le salut, si jamais il devait venir. Et nous, Français, devrions cesser de montrer aux Allemands une humeur jalouse et de leur signifier à chaque instant qu'ils sont vaincus, leur infligeant ces mêmes souffrances d'amour-propre dont nous nous sommes plaints après 1870. Car ces procès ne ressusciteront pas les morts... »

Je me suis approchée, touchée par ce que je venais d'entendre.

Naudeau a dit encore : « Nous autres, Français, ne nous occupons que de nous-mêmes, mais Paris n'est plus le centre du monde. Nous ne voulons pas connaître le stoïcisme avec lequel l'Allemagne supporte depuis 1919 des souffrances inouïes. L'Allemagne, pour tenir, a détruit son ancienne bourgeoisie. Elle a précipité dans la misère ses meilleures classes sociales. Personne n'a gémi. Nous persistons à vouloir ignorer que nous sommes, depuis l'armistice, le mieux nourri et le plus heureux de tous les peuples. [...] Paris et Berlin jusqu'à présent s'ignorent. »

Je ne pouvais m'empêcher de penser aussi à tous les malheureux, manœuvres, journaliers, ouvriers, petits employés, souffrant une famine noire et dont plus personne ne parlait, sauf Ernst. Mais le sujet de Naudeau et la principale leçon qu'il a tirée de son périple outre-Rhin, c'est le formidable malentendu qui empoisonne les relations franco-allemandes. Pour lui, les trois grandes ennemies de la France et de l'Allemagne sont en réalité l'ignorance, la sottise et la peur.

Ces mots se sont gravés en moi. Quelques Allemands avaient rejoint les auditeurs de Naudeau, ils ont applaudi avec enthousiasme. L'approche d'une navette au drapeau italien a dispersé le cercle. Des *carabinieri* ont salué le capitaine du navire. Bientôt, des îles sont apparues et nous avons accosté.

« Isola Bella ! » a crié le capitaine. Nous avons visité l'imposant palais italien et son jardin en terrasses étagées, son théâtre de verdure et ses gracieuses statues. Ce que j'ai préféré, ce sont les pièces au ras du lac, tapissées de galets et de coquillages, semblables à des grottes, avec le clapotis des vaguelettes sous les fenêtres. On ne peut que rêver de venir y méditer et de s'y endormir le soir, gorgé de beauté.

Le bateau est reparti vers Isola Madre, son petit château et son immense parc, où des paons se promènent en liberté. L'ambiance était si festive et joyeuse que les différences entre nationalités s'étaient complètement effacées. Notre trio avec André Meyer et Ernst Wibeau n'était plus le seul à oser des rapprochements franco-allemands. Ludovic Naudeau riait à gorge déployée avec Wilhelm Scheuermann, de la très nationaliste *Deutsche Tageszeitung*, et Geneviève Tabouis, de *La Petite Gironde*, sempiternelle sceptique surnommée par tous « Cassandre », s'est jointe à eux. Scheuermann a ramassé une plume de paon et la lui a offerte. Cassandre en a rosi et même ri. L'atmosphère était à la liesse. Nous étions saisis d'un frémissement d'espérance, sûrs qu'un accord serait signé et que nous aurions la paix pour longtemps.

C'est en chantant que nous avons repris le bateau pour la troisième île, celle des Pescatori, où nous avons déjeuné dans une guinguette au bord de l'eau. Une mandoline jouait des airs de tarentelle, le vin coulait à flots. Ernst Wibeau à ma droite, André Meyer à ma gauche. Il ne manquait plus que la colombe.

En face de nous, Konrad Krampff a dénoué sa cravate et retiré sa veste. En bras de chemise, le correspondant du journal conservateur *Kreuzzeitung* a trinqué à la paix et à la fraternisation. Jules Sauerwein, amusé, le resservait régulièrement. Jusqu'à ce que Krampff pose sa main sur son verre et dise : « *Nein, danke, ich habe genug.* » J'ai senti mon cœur s'accélérer.

À côté de moi, André Meyer a levé à son tour son verre et, d'une voix déjà empâtée, a entrepris de raconter comment, un jour, après avoir repoussé de leur tranchée une vague d'assaut ennemie, ils avaient entendu un soldat allemand chanter *Ich habe genug*. L'aria de Bach.

J'ai cru suffoquer. Mais j'ai voulu l'écouter jusqu'au bout.

Meyer disait : « C'était une voix magnifique de ténor à vous donner des frissons. Entre deux détonations, on entendait l'homme chanter, mais on ne le voyait pas. Sans doute était-il blessé au fond d'un de ces entonnoirs creusés par les obus dans le *no man's land*. Sa voix, puissante au début, faiblissait peu à peu. Le soir tombait. Les tirs ont cessé. Le chant se poursuivait. On n'entendait plus qu'un mince filet de voix. Toujours la même litanie, "*Ich habe genug*". On aurait dit qu'il s'y cramponnait. Il ne devait pas être bien loin. Mais sa voix semblait surgir du néant, d'outre-tombe. On sentait qu'il ne tenait plus que par sa voix, qu'il voulait faire passer toute sa vie dans sa voix. C'était plus qu'un chant. C'était un appel. Un appel à notre humanité, à la fraternité sans doute. Fourbus, on se taisait. On écoutait. Certains pleuraient. Et toujours "*Ich habe genug*", qui veut dire à la fois "je suis comblé" et "j'en ai assez"… Puis les Allemands ont agité un drapeau blanc pour aller le récupérer, en criant : "*Kamerad*, pas tirer, chercher blessé !" » Et lui, Meyer, de répondre en allemand, puisqu'il est alsacien : « Bien sûr, camarades, on va pas tirer, on n'est pas des brutes. » Entre-temps, la voix du chanteur s'était tue. Ils ont entendu les Allemands s'exclamer : « *Er ist tot!* » Meyer s'est tourné vers ses camarades dans la tranchée, il a dit simplement : « Il est mort. » Et la nuit est tombée, d'un coup.

Je ne me souviens pas de la suite. C'est Ernst qui me l'a racontée. Lorsque je suis revenue à moi, ma tête reposait sur ses genoux, je voyais sa bouche articuler, mais je n'entendais rien. Puis j'ai senti des bras me soulever.

Dimanche 11 octobre, après-midi

Deux hommes marchent sur la colline d'or. Les cailloux crissent sous leurs souliers. Ils parlent en regardant le paysage, stupéfiant de beauté. Des jardins en terrasses où abondent palmiers, ifs et camélias et, en contrebas, le lac couronné de moyennes montagnes. Leurs regards vont et viennent du dehors au-dedans d'eux-mêmes, là où se forment les mots, qu'ils choisissent avec soin, au rythme de leurs pas. La marche clarifie les idées. Le balancement du corps tamise les pensées.

La veille au soir, Alexis Leger, enchanté de rencontrer Hermann Hesse, de dix ans son aîné, auteur reconnu de *Demian* et de *Siddharta*, que Gide lui a fait lire, a un peu insisté pour avoir un entretien en tête à tête ce dimanche de repos, avant la reprise des négociations le lundi matin.

Hermann Hesse, lui, se méfie un peu d'un homme qui se présente comme diplomate et poète. Comment peut-on être les deux à la fois, agir sur la marche du monde extérieur tout en creusant son monde intérieur ? Il faut être français pour être fasciné à ce point par la politique. Lui-même, bien que né en Forêt-Noire, proche de la France, est plutôt attiré par les auteurs russes, par Dostoïevski plutôt que par Flaubert. Aussi a-t-il commencé par objecter qu'il ne connaissait rien à l'actualité et que par ailleurs il traversait une passe difficile de sa vie et n'était guère un compagnon agréable ces temps-ci. Et Hesse songeait, amer, qu'il était marqué par le sort, entre le récent internement psychiatrique de Mia, sa première épouse, qui s'était installée à Ascona pour se rapprocher de lui, et le diagnostic de tuberculose qui venait de frapper Ruth, sa deuxième femme.

Mais Leger a su trouver les mots et Hesse l'a invité à venir le voir à Montagnola, à une heure de route. Il habite une noble ruine, la Casa Camuzzi, aux volets rouges, en haut d'une colline, sur une presqu'île cernée par le lac de Lugano. Les pièces sont dépouillées, presque vides. Les seules notes de couleur sont des aquarelles de paysages environnants, peintes par l'écrivain et punaisées sur les murs blancs. Des tableaux lumineux, naïfs, éloignés de l'âme que l'on devine tourmentée de Hesse. Dans son bureau à l'étage, une machine à écrire, grosse araignée noire, est posée devant une fenêtre ouverte sur le lac. Des piles de livres sont éparpillées par terre, parmi des coussins de toutes sortes. La maison est calme. Ruth ne vit pas ici. À peine mariés, ils s'éloignent déjà.

Alexis Leger possède l'art de séduire, qui n'est autre que l'art des préambules : une remarque déconcertante accompagnée d'un regard perçant, et l'attention de son interlocuteur est captée. Il lui a apporté son recueil *Anabase*, publié un an plus tôt. Hesse l'ouvre, y plonge, y capture aussitôt le parfum de légende dans l'univers de Saint-John Perse :

> Allez et dites bien : nos habitudes de violence, nos chevaux sobres et rapides sur les semences de révolte et nos casques flairés par la fureur du jour… Aux pays épuisés où les coutumes sont à reprendre, tant de familles à composer comme des encagées d'oiseaux siffleurs, vous nous verrez, dans nos façons d'agir, assembleurs de nations sous de vastes hangars, lecteurs de bulles à voix haute, et vingt peuples sous nos lois parlant toutes les langues…
>
> […]
>
> À voix plus basse pour les morts, à voix plus basse dans le jour. Tant de douceur au cœur de l'homme, se peut-il qu'elle faille à trouver sa mesure ?…

De son regard fatigué derrière ses lunettes aux verres épais, Hesse observe le jeune homme de trente-huit ans et reconnaît un pair.

– Et vous êtes diplomate ? Mais alors vous n'écrivez plus ?

– Non, j'ai décidé de me consacrer pour l'instant entièrement à ma tâche auprès d'Aristide Briand. Il m'a offert la chance d'être son plus proche collaborateur, à moi, jeune homme des îles sans fortune, et à un moment décisif de notre histoire. Briand porte un projet, un grand, magnifique et nécessaire projet : faire la paix, une paix durable. Je veux en être et me consacrerai à nouveau à la poésie quand je n'y serai plus utile.

Hesse commence à revoir son sentiment sur Leger : l'ambition dévore cet homme, mais il est conséquent, il met des priorités. Il le considère avec attention : oiseau silencieux, fierté cambrée, assurance un rien inquiète.

– Je comprends vos motivations. (Hesse parle dans un français littéraire à l'intonation germanique, accentuant le début des mots.) Pour ma part, ma tentative de me consacrer aux choses politiques a échoué. C'était pendant la guerre. Je vivais en Suisse tout en ayant encore la nationalité allemande. Comme la plupart de mes concitoyens, je me suis porté volontaire, mais ma mauvaise vue m'a fait réformer. Affecté à l'ambassade à Berne, j'ai rédigé des journaux pour les prisonniers allemands en France. Écœuré par les discours va-t-en-guerre de nombre d'écrivains allemands, j'ai publié quelques articles là-dessus. Ils m'ont valu bien des calomnies, mais aussi quelques amitiés, dont celle de Romain Rolland. Il aurait voulu, en bon Français, que je m'engage davantage politiquement. Mais moi, je m'engage en poète, sans être partisan.

Il fouille dans un tiroir et tend à Leger une coupure jaunie :

– Tenez, voici un article de lui.

Un passage est souligné : « *De tous les poètes allemands, celui qui a écrit les paroles les plus sereines et les plus hautes, le seul qui ait conservé dans cette guerre démoniaque une attitude vraiment goethéenne, est celui que la Suisse s'honore d'avoir pour hôte et pour fils adoptif : Hermann Hesse.* »

« Lui aussi a son amour-propre, songe Alexis Leger en lui rendant le *Journal de Genève* d'avril 1915, mais il est touchant. »

– C'est un bel hommage de la part d'un grand écrivain. Son prix Nobel de littérature était mérité, même si son engagement pacifiste a dû peser, en 1915, aux yeux du jury de Stockholm…

– Sans doute. Avec Romain Rolland, nous nous sommes retrouvés sur la non-violence de Gandhi et sur notre intérêt pour les philosophies des Indes et de la Chine. Au fait, avez-vous lu l'excellente biographie qu'il a publiée l'an dernier sur le Mahatma Gandhi ?

– Oui, c'est passionnant. J'ai aussi été impressionné par votre *Siddharta*. Mais je m'interroge : pour la conduite des États, le pacifisme peut-il être intégral ? Même la Suisse, neutre et pacifique, est une nation armée. Dans certains cas, il faut défendre la paix ou la liberté les armes à la main : *Si vis pacem, para bellum…*

Hesse regarde par la fenêtre.

– Gandhi nous étonnera encore avec la puissance de sa non-violence…

Ils sortent se promener sur la colline d'or, font quelques pas en silence, puis Hesse reprend le fil de sa pensée :

– Voyez-vous, le seul homme vraiment honnête que j'ai rencontré personnellement est Gusto Gräser, que vous avez vu hier. Gusto, avec son air de vagabond que les bien-pensants montrent du doigt, est un homme d'une rare cohérence. Ce fils de juge, après avoir lu Nietzsche et Thoreau, a compris que notre civilisation n'était qu'hypocrisie et violence. Il s'est libéré des besoins factices de la vie matérielle et du prêt-à-penser. Il a choisi la nature et l'esprit. De ma vie, je n'ai rencontré un esprit aussi profond et libre. Pendant la guerre, sans y perdre sa sérénité, il a été emprisonné et condamné à mort comme objecteur de conscience, ne réchappant du peloton que parce qu'il a été déclaré fou. Il est au contraire l'homme le plus sensé et le plus sage que je connaisse. Mais la très grande sagesse paraît folie aux yeux de la foule : voyez Jésus, Bouddha et tous ceux qu'on nomme « saints ». Gusto m'a montré le chemin. C'était en 1907 au Monte Verità. Un mois à vivre comme un ermite, nu, dormant sur un tapis de feuilles, buvant au ruisseau et me nourrissant de baies, apprenant à ne rien faire. Une expérience unique, mais je n'ai pas pu poursuivre. Je n'ai pas la force de Gusto.

Hesse baisse la tête d'un air contrit.

– Mais Gusto, là encore, m'a aidé, par son seul exemple il m'a poussé à me libérer de ce qui m'entravait. J'ai enfin osé me déclarer pacifiste et quitter l'ambassade à Berne en 1917, puis ma première femme et mes enfants, et j'ai débarqué un jour de 1919, une valise à la main, en gare de Lugano. Je ne connaissais personne. Je voulais recommencer ma vie à zéro. Je me suis mis à peindre.

– N'est-ce pas à cette époque que vous avez publié *Demian* ? C'est par ce roman que je vous ai découvert.

– Oui, j'en ai entrepris l'écriture en 1917, au fond du gouffre. Il m'a permis de trouver enfin ma voix.

– Et Gusto Gräser ressemble à s'y méprendre à Demian, non ?

Hesse sourit.

– Je vous laisse tirer vos propres conclusions.

– Aimeriez-vous vraiment être un homme naturel comme lui ? Au fond, si tout le monde vivait comme lui, ne serait-ce pas une formidable régression de la société ?

L'idée de renoncer complètement au pouvoir et aux attraits du monde est étrangère à Alexis Leger, qui se contente de pas de côté.

Hesse a ôté ses lunettes un instant et promène un regard presque aveugle à l'horizon.

– Nous n'aurions peut-être plus d'automobiles ni de costumes en tweed, mais est-ce si important au vu de l'intelligence profonde du monde, de l'harmonie avec la nature et avec soi ?

– Mais la science apporte des progrès…

– Elle apporte aussi des armes de destruction massive. Et vous connaissez les hommes : ils poursuivent leur propre destruction, c'est leur pente naturelle. Guerre du feu, querelles de clochers, désirs de domination, volonté de conquête, appât du gain, revanche… toutes les civilisations ont ainsi fini par être détruites. J'ai lu récemment qu'en France la moitié de la classe 1914 avait disparu à la fin de la guerre, le quart par maladie avant l'âge de vingt ans et l'autre quart à la guerre… C'est pareil en Allemagne.

Leger opine :

– Oui, notre vieux continent a sacrifié sa jeunesse. Soit nous parachevons notre suicide collectif au profit de l'Amérique et de l'Asie, soit nous nous entendons pour constituer une Europe unie.

– L'Europe ! s'exclame Hermann Hesse. Pour vous les Français, c'est devenu la grande idée. Hélas, l'Europe n'est plus pour moi un idéal. Aussi longtemps que les hommes s'entre-tueront pour la conduite de l'Europe, toute division de l'humanité me sera suspecte. Je ne crois pas à l'Europe, je crois seulement à l'humanité, au royaume des âmes sur la terre, auquel tous les peuples participent et dont nous devons à l'Asie les plus nobles manifestations.

Leger fronce les sourcils.

– Mais nous vivons ici en Europe, et il faut bien que cette Europe se régénère et retrouve ses esprits. L'élan patriotique a enflammé, l'été 14, les peuples entiers, qui ont cru y voir un élan de fraternité aplanissant les différences sociales. Mais c'était l'union des moutons allant à l'abattoir : on croit se tenir chaud au sein du troupeau, jusqu'à ce qu'il soit décimé. Nos chants guerriers ont contribué à la boucherie. Et certains poussent encore ces cris nationalistes…

Hesse reprend avec vivacité :

– Le mouvement est bien profond et bien plus ancien que la récente guerre. Une civilisation qui ne croit plus au mythe autour duquel elle s'est cristallisée ne parvient plus à endiguer les instincts refoulés de l'homme. Dostoïevski a montré dans ses romans cette dissolution de la civilisation en Russie. Et croyez-moi, l'Europe, l'Allemagne en tête, est sur la même pente du déclin.

Contemplant l'harmonieux paysage qui semble démentir la prophétie pessimiste de son compagnon, Leger répond doucement :

– J'admire votre œuvre, j'admire votre sagesse d'homme retiré sur sa colline du Tessin. Pour ma part, j'ai choisi de me consacrer à ces pourparlers de paix…

– Cher Alexis Leger, ou devrais-je dire Saint-John Perse, ne renoncez pas à la poésie, c'est notre meilleure part. Je vous lirai et m'emploierai à vous faire connaître. Êtes-vous traduit en allemand ?

– Une amie, Marguerite Caetani, s'occupe de mes traductions, je n'en ai plus le temps…

Leger songe à Marguerite. Il n'a pas su résister à ses charmes. Vraiment exquise et un tempérament de feu, la princesse de Bassiano, une Américaine mariée à un prince italien, qui a fondé à l'été 1924 la revue littéraire *Commerce* – le commerce de l'esprit comme remède à la maladie de la civilisation européenne… Pourvu que sa maîtresse en titre, Mélanie de Vilmorin, ne l'apprenne pas. De dix ans son aînée, elle est d'une jalousie de tigresse…

– La princesse de Bassiano a demandé à Rainer Maria Rilke de traduire mon recueil *Anabase*…

– Rilke ! Ce serait merveilleux. Mais il ne sort plus de ses montagnes valaisannes, il se terre comme une bête malade dans sa tour solitaire de Muzot. Il a tout donné à la poésie, sa vie, sa souffrance, tout. Ses *Élégies de Duino* sont un sommet : qu'écrire et comment vivre après cela ?

Hesse reste songeur à l'évocation de Rilke.

Leger l'interroge poliment :

– N'écrivez-vous plus de poésie vous-même ?

– Non, je suis attelé à un roman sur un homme solitaire, ne se reconnaissant plus dans la société d'aujourd'hui, une sorte de sauvage, de loup des steppes égaré dans la ville…

– Un loup des steppes ? Cela ferait un joli titre.

– J'y songe.

Le soleil se rapproche des cimes des montagnes. Leurs ombres s'allongent. À cette heure du soir, les couleurs déploient leur musique la plus pure, en jouant sur le nuancier des clartés et des ombres. En bas, dans la conque bleuâtre de la vallée, une mince fumée dorée tire un trait sur l'espace et le temps. Leger sort sa montre de son gousset : il est l'heure de partir.

– L'appel de la paix ? demande Hesse.

– Oui, ou peut-être le retour du sauvage vers la société…

Leger lui tend la main. Hesse la prend dans les siennes. Ses yeux paraissent démesurément agrandis derrière les verres épais.

– Vous êtes tout sauf un sauvage, vous aimez les idées pures… Merci de votre visite. Je penserai à vous. Quand vous aurez sauvé la paix, vous reviendrez à la poésie, n'est-ce pas ?

Lundi 12 octobre, matin

Dix heures trente, palais du Pretorio. Les joyeux croisiéristes du week-end sont redevenus d'austères délégués dont dépend la paix du continent. Peut-être même exagèrent-ils le sérieux ou la nonchalance de leur mine. Seule une brève étincelle dans la pupille lorsqu'ils captent un regard d'en face trahit la connivence de l'avant-veille. Autour de la table carrée, la sixième séance peut commencer, impeccablement chorégraphiée.

Ouverture, un pas en avant. Stresemann annonce, avec un visible contentement, l'accord de l'Allemagne avec la proposition française d'une note des Alliés au gouvernement allemand interprétant l'article sur l'adhésion à la SDN compte tenu de la situation particulière du pays.

Voilà, ce n'était pas si compliqué de faire un bout de chemin l'un vers l'autre. Qu'il était facile alors de se rejoindre, pendant cette croisière sur le lac enchanteur, et grâce à ce petit vin frais sous la tonnelle d'où pendaient des grappes de raisin gorgé de sucs… Il suffisait de s'écouter et de laisser parler le bon sens…

Mais il ne faut pas se réjouir trop vite. Pirouette, demi-tour. Stresemann se racle la gorge. Il doit poursuivre, coûte que coûte. En fait, cette concession sera difficile à faire passer à Berlin. Très difficile… Les oreilles se tendent. Briand sent que son vis-à-vis hésite sur la manière de lâcher le morceau. Gros temps en perspective, assurément. Il tire sur sa cigarette et attend, les yeux rivés sur le nuage noir qui approche.

Stresemann godille. Locarno pourrait être le point de départ d'une nouvelle conception morale du monde, il en reste convaincu, mais pour que la conférence ait un tel effet, il faut que le principe de désarmement soit adopté. La première question qui sera posée à Berlin aux délégués allemands sera celle-ci : Les Alliés sont-ils décidés à mener à bien le désarmement ? Si toutes les nations d'Europe s'engagent dans le désarmement, alors oui, l'Allemagne peut accepter d'entrer désarmée à la SDN. En fait, ce que Stresemann ne peut pas dire, c'est que rien n'est gagné à Berlin, le président Hindenburg et les Deutschnationale ne sont prêts à aucun compromis sur cet article.

Briand sourit d'un air entendu et plonge son regard bleu dans celui de Stresemann. Il confirme l'objectif du désarmement. Pour ceux qui ont suivi les dernières assemblées de la SDN, il ne fait aucun doute que les opinions publiques de presque tous les pays sont favorables au désarmement. C'est aussi un souhait très vif de la France, parce que les charges de l'armement requièrent un sacrifice financier trop lourd. C'est pourquoi le gouvernement a déjà fait d'importants pas en direction du désarmement, en réduisant la durée du service militaire et en décidant des économies sur le budget de la marine.

Ces paroles très générales ne suffisent pas à Stresemann. Inquiet du caractère incertain du désarmement de la cinquantaine de pays membres de la SDN, qui risque de faire perdurer une situation d'inégalité en défaveur de l'Allemagne, il jette sur un ton d'humiliation violente :

– Avec ses soixante millions d'habitants, l'Allemagne est aujourd'hui plus désarmée qu'une peuplade d'Amérique du Sud !

Briand n'est pas étonné lorsque, après la séance, les Allemands lui demandent une nouvelle réunion restreinte, cette fois très confidentielle.

Lundi 12 octobre, après-midi

Il est seize heures. Dans le grand salon de la suite de Chamberlain, les rideaux bleus ont été tirés. Pour se protéger du soleil encore ardent ou pour éviter d'éventuels journalistes espionnant du balcon ? Le lord anglais, Briand, Luther et Stresemann, « les quatre grands », sont installés dans les fauteuils, des chaises ont été apportées pour les conseillers. Sur la table basse entre eux, des tasses de thé, des verres d'eau gazeuse, des petits gâteaux aux amandes et des cendriers. Les deux interprètes ont pris place, Paul Schmidt derrière Stresemann et Oswald Hesnard derrière Briand. Max von Stockhausen reste prudemment auprès de la porte, pour éviter toute intrusion intempestive.

Stresemann prend la parole avec une certaine solennité. Il sait que les points qu'il va exposer ne relèvent pas *stricto sensu* de la conférence, mais ils sont d'une importance cruciale pour la délégation allemande, qui ne peut pas les passer sous silence. Crânement, méthodiquement, il énumère leurs revendications. Évacuation de Cologne, abrégement de l'occupation de la rive gauche du Rhin à moins de quinze ans, réduction de l'armée d'occupation, départ des troupes coloniales françaises, avancement du plébiscite en Sarre, révision de la clause de culpabilité de guerre…

– Par ailleurs, la crise du logement est telle dans les territoires occupés de Rhénanie que, ne serait-ce que pour cette raison, les troupes d'occupation doivent être réduites et cantonnées à certaines garnisons. L'opinion allemande ne comprendrait pas qu'un pacte n'entraîne pas des progrès en ces domaines. Même les partis modérés du centre et les sociaux-démocrates demandent une évacuation de la Rhénanie, ou du moins une réduction de la durée de l'occupation. Et puis, personne ne comprend que Cologne soit occupée, l'Allemagne ayant rempli toutes ses obligations de désarmement ; de plus, c'est contraire au droit des gens. Notre délégation a besoin de rentrer avec des perspectives sur ces points.

Voilà, c'est dit.

Sujet après sujet, les visages en face se sont assombris. À la fin, un silence pesant s'installe. Chamberlain hausse un sourcil d'un air perplexe. Briand soupire, fatigué et morose.

Il prend son temps, attrape un cendrier pour déposer la cendre de son mégot, puis, lentement, il hoche la tête avant de se décider à répondre :

– J'admire votre audace. Vous n'y allez pas de main morte – heureusement que je suis bien assis dans ce fauteuil, sinon je risquerais d'en tomber. Ainsi, à vous entendre, le traité de Versailles pourrait aussi bien ne plus exister. Mais, cher monsieur Stresemann, n'y allez pas si lourdement. Vous assenez des coups de massue sur la cervelle délicate d'un être ailé comme cette colombe de Locarno !

Mais les délégués allemands n'ont pas le cœur à rire de sa boutade. Déçu, Briand poursuit qu'il n'a rien à objecter sur le fond à ce programme. Cependant, il lui est impossible de promettre des concessions dès maintenant. Ce serait le chantier d'une conférence nouvelle. Pour lui, il n'est pas possible que tout cela se fasse à présent.

– Moi aussi, j'ai beaucoup d'adversaires en France, moi aussi, on me traite de traître. L'Allemagne n'a pas le monopole des nationalistes.

Luther croise les jambes nerveusement. Stresemann ne cille pas, il ressemble à un bloc de granit. Puis il dit doucement :

– Vous savez, nos opinions publiques diffèrent profondément. Un pays vaincu et traité comme criminel est par nature beaucoup plus enclin à un nationalisme exacerbé. Les sacrifices et les souffrances de la guerre ont été terribles pour nos deux pays, mais chez nous, ils ont été endurés en vain et la paix a un goût d'amertume.

Briand se penche en avant et reprend sur un ton à la fois de camarade et de grand-père :

– Je comprends votre impatience. Et je suis prêt à aller le plus loin possible dans votre direction. Je vous propose d'indiquer dans le protocole final que le pacte aura des répercussions sur les régions occupées. Car il y en aura, j'en suis sûr, et je m'y emploierai personnellement. Locarno laisse augurer une période nouvelle d'apaisement, qui amènera des évolutions dans le sens que vous souhaitez.

Il soupire et baisse la voix :

– Mais, de grâce, je vous en conjure, ne mettez pas la charrue avant les bœufs. Je n'ai pas de baguette magique.

La fin de la réunion est remplie de silences. Chacun réfléchit. Les concessions faites sont insuffisantes. La perspective d'un pacte s'éloigne. Comment surmonter ce blocage ?

Le seul point d'accord est de ne rien dire de cette réunion restreinte. Mieux vaut taire l'échec, en attendant de trouver une voie de contournement. Si elle existe. L'euphorie de la croisière du samedi est morte.

Journal de Louise, lundi 12 octobre

C'est à grand-peine que je reprends ce Journal. Pourtant, il me faut fixer ce qui s'est passé.

Hier, j'ai vécu le paradis et l'enfer.

Le paradis, c'étaient les îles Borromées. Tout n'était qu'harmonie : le paysage, les jardins aux étranges fleurs tropicales et aux paons en liberté, les terrasses peuplées de statues rêveuses, les pièces tapissées de coquillages et bercées du ressac des vagues, la pureté du ciel. Tout m'élargissait le cœur.

Là, en pleine béatitude, je fus frappée de plein fouet. Quand André Meyer a évoqué le soldat allemand chantant *Ich habe genug*, mon cœur a bondi. C'était fou, à peine croyable, et pourtant, j'en étais sûre, ce ne pouvait être que toi, Hans. Ta voix. Puissante et fragile. Quelques vibrations de l'air qui creusaient en moi un frisson infini. J'ai cru t'entendre, une fois encore, chanter ton aria préférée, avec une émotion qui faisait frémir tes cils comme des ailes de papillon. Me sont revenus ces moments heureux, où tu rayonnais et où tes paumes ouvertes s'écartaient pour accueillir la joie tranquille. Après avoir chanté l'aria, tu laissais toujours un temps de silence, comme s'il te fallait revenir de très loin… Puis je t'ai vu, couché sur le sol nu et putride du *no man's land*, au milieu de nulle part, essayant de recouvrir l'horreur de la guerre de la seule beauté de ton chant, « *Ich habe genug* », jusqu'à épuiser ton souffle, blessé à mort et mourant seul.

Meyer ne savait pas que, en réalité, il n'était là que pour moi, pour me délivrer ce message : Hans ne reviendra pas. Bien sûr, la probabilité que tu reviennes, sept ans après la fin de la guerre, tenait du miracle. Mais entre la disparition de celui qu'on aime et l'annonce de sa mort, il y a un monde. Un monde peuplé d'espoir, si infime soit-il. Tant que l'on ignore où, quand et comment, tant qu'on n'a pas de tombe où se recueillir, l'imagination continue de galoper et le cœur ne veut pas se faire une raison. Peut-être étais-tu frappé d'amnésie, ou l'un de ces « trembleurs » qui ont perdu la raison dans l'enfer des tranchées, je te retrouverais et te soignerais… Tous ces rêves ont éclaté. Tu es mort.

Je suis tombée dans un trou noir. Je me souviens seulement qu'André et Ernst m'ont ramenée chez Marianne, puis d'un vieil homme au regard bienveillant, penché sur moi, une main fraîche posée sur mon front : « Je suis le docteur Friedeberg, vous avez un peu de fièvre, il vous faut du repos. »

Cette nuit, je t'ai revu en rêve. Nous gravissions un sentier de montagne dans un brouillard qui ne permettait pas de distinguer le paysage. Au détour d'un virage est apparu un portail. Avant d'en franchir le seuil, tu m'as regardée une dernière fois avec une immense tendresse. J'étais émue, mais pas triste. Car je savais : les disparus restent en nous. Ta mort n'était plus un couperet, mais une autre forme de vie, une étape dans la transformation de toute chose. En m'éveillant, j'ai réalisé que j'avais accepté ta mort.

J'ai ouvert la fenêtre. Le monde m'a paru beau, comme si je le voyais pour la première fois. J'avais faim soudain. Une bonne odeur de café se répandait. Je suis descendue à la cuisine. Une femme y était assise, aux grands yeux gris mélancoliques sous une frange coupée au milieu du front.

« Emmy, s'est-elle présentée en me tendant une tasse de café. Je suis une amie de Marianne ; nous nous sommes croisées l'autre soir au ballet au Monte Verità. Mon mari Hugo et moi sommes venus avec notre ami Hermann Hesse. » Oui, je me souvenais d'Emmy Hennings et de son visage un peu fatigué.

« Marianne m'a chargée de vous saluer de sa part, elle s'est enfermée dans son atelier, mue par une soudaine inspiration. Comme tout grand artiste, elle peut mettre sa vie à l'arrêt pour un moment de création. Vous aimez ses tableaux ? » J'ai opiné. Emmy a repris : « À mon avis, elle est un génie, mais cela ne se sait pas encore. Nous les femmes, on en fait deux fois plus, mais on reste toujours deux pas en arrière des hommes. Son ancien compagnon, von Jawlensky, est déjà beaucoup plus connu qu'elle, comme l'avenir ne retiendra sans doute que Hugo dans notre couple. Mais cela m'est bien égal, car Hugo est un miracle de type bien. Jusqu'à ce que je le rencontre, je me demandais s'il y avait un amour quelque part pour moi, je vivais à reculons, je n'étais pas du tout préparée à l'avenir, j'étais tombée bien bas, je rêvais tant. »

Emmy s'est tue pour m'observer. Puis elle m'a pris la main et m'a dit avec chaleur : « Marianne m'a dit grand bien de vous. Vous savez écouter et regarder. Il paraît que vous faites de la photographie… »

La porte s'est ouverte. Ernst est entré avec un grand bouquet de fleurs des champs qu'il m'a tendu. Il voulait prendre de mes nouvelles. Je l'ai rassuré. J'avais dormi. La magie d'Ascona avait opéré.

Emmy a souri et s'est levée pour prendre congé : « Rétablissez-vous bien, je m'en retourne avec Hugo et Hermann à Montagnola. Je lirai vos articles et, si le cœur vous en dit, je serais heureuse que vous lisiez mes livres – demandez-les à Marianne. » Cette femme est d'une sincérité désarmante.

Ernst a sorti sa montre. Il restait un peu de temps jusqu'à la conférence de presse prévue après la séance de négociations, nous avons décidé de nous rendre à pied à Locarno.

Je crois que Ernst avait compris avant même que je lui raconte mon histoire.

« J'imagine combien ce devait être dur de ne pas savoir pour Hans… Qu'avez-vous raconté à votre fils toutes ces années ? »

« Jean pense que son père est devenu un papillon. Un papillon blanc. Je l'entends lui parler parfois. »

« C'est intéressant de se représenter son père ainsi, a dit Ernst pensivement. Dans la mythologie antique, Psyché, c'est-à-dire l'âme, a des ailes de papillon. D'ailleurs, en grec ancien, *psukhê* veut dire à la fois “âme” et “papillon”… Vraiment, votre petit garçon est étonnant. »

Oui, étonnant, c'est le mot. Ses amis s'appellent petit mars et paon de jour, ils ont six pattes et deux ailes. Il préfère les bêtes aux humains. Je le laisse lire et dessiner librement. Jean est déroutant, mais facile à vivre. Il fait tout doucement son chemin : la chenille est devenue chrysalide. Pour le moment, il reste silencieux, enfermé dans son cocon. Je ne sais ce qu'il s'y prépare, mais j'espère qu'un jour viendra l'éclosion et qu'il pourra déployer ses ailes.

Pendant que nous marchions, j'ai pensé à cette étrange destinée qui est la mienne, aux surprises bonnes ou mauvaises qui ont bousculé et orienté ma vie, à ces coups du sort qui, loin de me raidir, m'ont attendrie, au sens où le boucher attendrit un morceau de viande pour la rendre plus goûteuse. J'ai certes été essorée, groggy, mais je me retrouve debout et finalement si vivante.

Puis Ernst s'est confié à son tour. Je lui en sais gré. J'ai senti combien il lui était difficile de dévoiler son histoire. Il l'a fait par souci de sincérité et pour ne pas être en reste vis-à-vis de moi. Il aimait depuis l'enfance Bertha, la fille de proches amis de ses parents. Tout juste bachelier, il est parti à la guerre. L'éloignement a resserré leurs liens. Ils s'écrivaient de longues lettres. Ils se sont fiancés pendant sa deuxième permission. Mais, la guerre finie, il n'était plus le même. Il avait perdu la joie. Il avait livré des corps-à-corps à la baïonnette, il était devenu une machine à tuer. L'expérience de la mort lui avait laissé un immense dégoût. Il pleurait ses amis. Il culpabilisait d'avoir survécu. Il ne se reconnaissait plus dans ce pays affamé, débilité par des années de blocus moral, privé de liberté, replié sur lui-même, et où la caste militaire paradait encore. Bertha n'a pas eu la patience de supporter sa mélancolie. Lorsqu'elle a rompu leurs fiançailles, il a sombré dans une profonde dépression.

La voix de Ernst s'est brisée à ce moment du récit, il est resté un moment prostré. Parler lui coûtait visiblement. Il évitait de me regarder. Puis il a poursuivi.

Interné dans un sanatorium, au milieu des fous, drogué de calmants, il a végété ainsi durant un an. Un jour, il a eu un sursaut. Pendant une promenade, il a pris un bâton et est parti sur la route, sans se retourner. Il tenait à peine sur ses jambes, mais une volonté farouche le portait. C'était le début de l'été. Peu à peu, ses forces sont revenues. Il participait aux travaux des champs ou déchargeait les camions ou les bateaux pour gagner sa vie. Le soir, il écrivait. Ses reportages ont été publiés et ont connu le succès, en particulier ceux sur la Rhénanie occupée, où la colère grondait contre les soldats français qui, seuls, mangeaient à leur faim. La population avait peur des soldats coloniaux et de sales rumeurs circulaient. Il a enquêté dans les quartiers ouvriers, auprès des mineurs, des chômeurs. Des journaux ont commencé à lui commander des articles.

Il est rentré à Berlin, le corps musclé et l'esprit guéri. Mais, entre-temps, Bertha s'était mariée. Il n'a pas cherché à la revoir. Nombre de ses amis étaient morts. Il s'est jeté alors dans son travail. Il a commencé à suivre les travaux de la SDN, s'est rendu plusieurs fois à Genève. Nous aurions pu nous y rencontrer.

Marchant dans les calmes ruelles, nous sommes arrivés à Locarno. Des enfants jouaient à la marelle entre terre et ciel. Je n'ai pu m'empêcher de penser à Jean. Il ne connaîtra jamais son père.

Mardi 13 octobre, matin

Les lueurs du matin filtrent de la fenêtre du wagon-lit. Franz Kempner s'éveille en sursaut, écarte les rideaux gris. Un ciel tristement nuageux s'offre à son regard. Des gouttes tremblent et glissent sur la vitre. Il aperçoit des silhouettes qui se pressent en manteau sous un parapluie. Bienvenue en Allemagne.

Après la réunion de la veille, le chancelier a décidé de l'envoyer à Berlin, où il l'a chargé de rassurer le gouvernement, qui se plaint de ne pas être assez informé. Les messages s'amoncellent demandant qu'un membre de la délégation, si possible le chancelier en personne, à Locarno revienne rendre compte des négociations. Le vieux président von Hindenburg, après avoir lu les articles publiés à Londres par Reuters et à Paris par *Le Temps*, redoute que, sur la SDN, l'Allemagne ne se retrouve « la corde autour du cou », selon son expression. À mesure que les négociations avancent, les supputations vont bon train, amplifiées par les journalistes en quête de sensations, inquiétant les responsables politiques restés au pays. Quant aux autres ministres du gouvernement allemand, ils ne veulent pas être mis devant le fait accompli. Certains commencent à se vexer. C'est une question de forme autant que de fond.

Le chancelier n'a pas voulu « déserter le front » à Locarno. En réalité, il ne veut pas laisser Stresemann seul aux commandes. Il a l'habitude de confier des tâches délicates à son secrétaire d'État à la Chancellerie : « Le docteur Franz Kempner par-ci, le docteur Franz Kempner par-là… » Et le voici, lui, l'ancien fonctionnaire colonial en Afrique de l'Est, propulsé homme de confiance du chancelier du Reich. De même âge et de même formation, ils se comprennent. Et Luther le sait loyal.

Franz ne s'en plaint pas. Il ne déteste pas les responsabilités. Mais il a la nostalgie de l'Afrique. Administrer des territoires immenses, construire des routes, des dispensaires et des écoles, contempler les neiges du Kilimandjaro, les boutres du port de Dar es Salam et les récifs coraliens de Zanzibar. Le bruit joyeux des bazars, la beauté longiligne des jeunes bergers au milieu de leurs troupeaux et des femmes porteuses de jarres… Sa première statue, il l'a achetée à un marchand de Kisutu : un ancêtre en bois d'ébène patiné à la face ronde et au corps étiré, de la tribu Nyamwezi, les hommes de la Lune. Il était fasciné par ses yeux de coquillage blanc qui le fixaient étrangement. Sa collection de statues hiératiques en bois dur ou en bronze s'est rapidement étoffée. À son retour à Berlin, sa mère a tenu à présenter ses plus belles pièces lors d'une de ses soirées du mardi ; toute la bourgeoisie intellectuelle de la ville s'y pressait. Alfons, son cher frère médecin, a même proposé, pour rire, d'en disséquer une.

À présent, l'Allemagne n'a plus de colonies. Mais il aimerait tant retourner un jour en Afrique. Pour oublier l'Allemagne d'après guerre, l'appauvrissement généralisé, le réveil de l'antisémitisme, les jalousies que son ascension rapide au sein de la Chancellerie a suscitées. Il n'a pas droit à la moindre erreur, travaille sans cesse. Il n'a même pas eu le temps de visiter l'exposition à Mannheim sur la Nouvelle Objectivité, où l'on pouvait voir les tableaux de son ami Max Beckmann. Ce cher Max semble se porter mieux depuis son nouveau mariage. Il a du succès. Kempner lui demanderait volontiers de refaire son portrait, comme il y a vingt ans, cette fois entouré de sa collection de statues nègres. Si seulement il en a le loisir un jour.

Mais pas de temps à perdre. Son programme de visites est dense. D'abord, à la Chancellerie, un point détaillé avec les services, qui l'ont fidèlement informé de la situation en Allemagne depuis le début de la conférence. Puis le président Hindenburg – prévoir la canne à pommeau d'argent, sans oublier de claquer des talons. Avec Schiele, von Schlieben et Neuhaus, les trois ministres deutschnational, il lui faudra aussi accrocher ses décorations de l'administration coloniale : cela produit toujours son petit effet sur les nationalistes. Enfin, il s'agira de convaincre le secrétaire d'État aux Territoires occupés, Carl Christian Schmid, qui a l'oreille du haut commandement.

Tout en réfléchissant à son programme, il est sorti dans le couloir pour regarder par la fenêtre de l'autre côté du wagon. Il aime observer l'entrée des villes. Un homme l'aborde courtoisement. Il tressaille intérieurement en reconnaissant Konrad Krampff, de la *Kreuzzeitung*. Un journaliste : il ne manquait plus que cela ! Et un journaliste nationaliste, en plus. D'habitude, les correspondants de ce journal évitent de parler à un Juif. Est-ce l'air de Locarno qui l'a influencé ?

Krampff lui montre un télégramme de son rédacteur en chef : « *Cessez activités à Locarno. Rentrez par 1er train à Berlin. Signé Georg Foertsch.* » Son article envoyé la veille n'a pas plu. Il s'en doutait un peu : pas assez nationaliste. Foertsch lui reproche de s'être laissé contaminer par l'esprit pacifiste. Mais il lui expliquera. Car lui, Krampff, a compris beaucoup de choses à Locarno.

– Cette paix est dans l'intérêt de la nation allemande. Ce n'est pas être pacifiste de penser cela, c'est être réaliste. Voyons les choses comme elles sont : l'Allemagne est à genoux, désarmée, sans force. Autant engranger tous les avantages de cet accord, notamment une image et un crédit restaurés qui nous permettront de regagner plus vite de la puissance, sans rien lâcher sur les frontières à l'est. Tout compte fait, la paix est dans l'intérêt de l'Allemagne, qui n'a pour le moment pas les moyens de se défendre et retrouvera une place de grande dans le concert des nations.

Kempner sourit. L'air de Locarno est capable de produire des miracles. Pourvu qu'il en soit de même à Berlin… Il opine. Encouragé, le journaliste poursuit. Il en est convaincu, c'est le calcul de Stresemann et de Luther.

– Aux échecs, il faut savoir sacrifier un pion pour obtenir l'échec et mat final. Le pion, c'est l'Alsace-Lorraine, perdue de toute façon, il ne faut pas rêver.

Krampff semble assez content de sa métaphore. En revanche, il l'est moins que sa petite amie rencontrée à Locarno, une certaine Leni, une beauté à ses dires, ne l'ait pas accompagné à la gare. La demoiselle semblait lorgner vers un réalisateur de cinéma…

Heureusement, le train est arrivé à Berlin dans un grand grincement d'essieux et Franz Kempner a échappé, avec un certain soulagement, à la suite de l'histoire du dépit amoureux de Konrad Krampff.

Mardi 13 octobre, après-midi

Au palais du Pretorio, la septième séance de négociations débute sur le coup de dix-sept heures. Une courte séance.

Un avant-projet de pacte est présenté par les juristes. Ils ont fait du bon travail. Sans surprise, à l'exception des articles sur la SDN et sur les frontières à l'est, l'on s'accorde sur tout. C'est déjà ça.

Luther paraît nerveux.

– C'est qu'il attend des nouvelles de Kempner, dépêché cette nuit pour Berlin. Ça a l'air de barder là-bas, souffle Berthelot à Briand, espérons qu'il saura convaincre Hindenburg et les nationalistes d'accepter les compromis esquissés.

La séance levée, Stresemann contourne la table carrée et s'avance, un large sourire découvrant ses dents du bonheur :

– Allons boire une bière ?

Briand accepte volontiers.

Hesnard et Schmidt, les deux interprètes, les accompagnent. Les voitures les déposent non loin, à Rivapiana, le quartier populaire de Minusio près du lac : des pêcheurs vident leurs filets sans leur prêter attention, des femmes lavent du linge, à genoux, penchées sur leur planche, à leurs côtés une bassine et une hotte en roseau.

Les quatre hommes s'engagent sur un chemin de terre entre le rivage et une rangée de saules. Juste derrière, la ligne de chemin de fer mène vers la gare de Locarno. Ils passent devant une petite église flanquée d'une de ces tours de guet médiévales qui servent désormais de clochers. Un panneau indique San Quirico.

– Ces contacts informels sont appréciables pour essayer de mieux se comprendre et je vous en remercie, commence Stresemann.

– J'avoue que vous m'avez un peu retourné les sangs hier après-midi, avec votre litanie, lance Briand avec un demi-sourire.

Il n'en montre rien, mais il est inquiet pour d'autres raisons : le pays gronde, près d'un million de grévistes ont protesté hier partout en France contre les hausses d'impôts et contre la guerre du Rif qui fait rage au Maroc.

Stresemann se tourne vers lui.

– L'Allemagne évolue, vous savez. La France, mieux que toute autre nation, devrait comprendre notre situation, elle qui, après ses revers de 1870, ayant repris la forme républicaine, n'a pas craint de se donner pour président un homme qui ne faisait pas mystère de ses sentiments monarchistes. Chez nous, il s'est formé un parti de monarchistes ralliés à la république. Un mouvement semblable s'est produit dans le parti populaire allemand, que je dirige. Il pourrait bien gagner un jour les Deutschnationale. C'est du moins mon objectif – comme, je le crois, celui du président Hindenburg.

Bien sûr que Briand comprend ces évolutions. N'est-il pas celui qui a mené à bien l'évacuation de la Ruhr cet été ? Stresemann reconnaît que cette évacuation lui a bien facilité la tâche : sans cela, le chancelier Luther, qui a été maire d'Essen, grande ville de la Ruhr, n'aurait pas accepté de négocier. Mais l'occupation de Cologne leur reste une épine dans le pied. Et ils doivent abandonner tous les projets fantaisistes de neutraliser la Rhénanie : une Allemagne sans Rhénanie n'est plus l'Allemagne.

– Sinon, il y aura une nouvelle guerre, et une guerre de races et de la pire forme, ajoute le ministre allemand.

Briand lui assure que telle n'est pas son intention, lui aussi veut une vraie détente et désire la paix. Puis ils demeurent silencieux. Briand tire sur sa cigarette en réfléchissant.

Les voici arrivés à une petite taverne de pêcheurs. Ils s'installent, commandent des bières et contemplent un moment le ballet des mouettes au-dessus du lac. Toujours ce ciel sans nuages. Incroyable, ce beau temps.

Stresemann boit une gorgée, puis, soudain, lance :

– Tout le monde dit que je finasse, que je joue un double jeu – surtout depuis la publication malencontreuse de ma lettre au Kronprinz en septembre. Mais entendons-nous bien sur ce que veut dire « finasser ». Si cela veut dire tenter de trouver un équilibre entre des intérêts divergents, rallier des partis opposés à une position commune, ajuster ses arguments et ses discours en fonction de ses interlocuteurs, alors oui, je finasse. Tout ministre, tout chef de gouvernement est obligé de finasser, de louvoyer, de faire des compromis. C'est le propre de la politique, de tenter de réunir les intérêts particuliers au service de l'intérêt général…

Amusé, Briand l'observe et pose un court instant la main sur son bras, d'un geste familier.

– Ne vous fatiguez pas, mon cher Stresemann, vous parlez à un pratiquant. Vous aviez vos raisons pour écrire ainsi au Kronprinz ; et je me méfie des citations sorties de leur contexte. Le problème, en politique, c'est que les choses du gouvernement demandent une subtilité et un tact que beaucoup n'ont pas. Composer et ajuster est beaucoup plus complexe que s'opposer et dénoncer. Vous et moi, nous faisons un travail d'orfèvre.

Il lui lance un petit sourire entendu. Stresemann écoute la traduction, puis lui adresse un regard reconnaissant.

– Je vous en remercie. Permettez-moi une parenthèse à propos de l'ancien Kronprinz : si j'ai mis fin à son exil lorsque j'étais chancelier en 1923 et si je cultive la relation avec lui, c'est pour éviter qu'il ne dérive trop vers l'opposition à la république, mais ce n'est pas gagné. Il manque précisément de… subtilité. Il ne comprend pas que, tout en défendant chacun les intérêts de notre pays, nous puissions croire en un intérêt supérieur qui nous réunit.

– Oui, notre intérêt commun, c'est la paix en Europe, acquiesce Briand, et, si possible, l'unité de l'Europe. Vous voyez, je pense, parce que je crois dans la force de l'esprit, que cela arrivera un jour. Mais cela mettra du temps. Une génération ? Deux générations ? Nous semons pour l'avenir, mon cher…

Ils sourient tous les deux d'un air entendu et ne se soucient guère des flashs qui commencent à crépiter autour d'eux. Ça y est, ils sont repérés. Eh bien, soit. N'ont-ils pas le droit de boire une petite bière ensemble après la séance ?

Journal de Louise, mardi 13 octobre

Ernst m'a demandé simplement : « Et Jean ? » Pour la première fois, j'ai parlé de mon fils aussi ouvertement à quelqu'un qui ne le connaît pas.

Raconter Jean, c'est difficile. Sa différence. Son indifférence. Et pourtant son amour irradiant, comme rentré en lui-même, qu'il faut aller extraire, bribe par bribe. Oh, il ne faut pas trop demander, ni regard ni sourire, mais quel trésor dans ce petit garçon silencieux ! Quelle vitalité cachée sous l'eau calme de son visage ! Il est pareil à un lac posé sur un volcan qui attend son heure : sous la surface immobile, tout au fond bouillonne la lave incandescente. Son visage n'exprime rien. Et pourtant, Jean est très intelligent. Quand il parle, il ne répond jamais à une question qu'on vient de lui poser ou à une remarque qu'on vient de faire. Il poursuit son propre raisonnement, s'adressant à lui-même ou à un interlocuteur imaginaire. Il est capable de dire soudain : « L'harmonie, c'est quand tout s'accorde, les sons, les couleurs, les odeurs, les êtres vivants, c'est très simple au fond. » Et puis, à nouveau il se tait.

Ernst m'a écoutée avec attention, comme s'il sentait ce que je ressens. Il m'a demandé si Jean connaissait ses grands-parents.

Je lui ai dit la disparition de mes parents, d'abord mon père, un accident d'automobile, puis surtout maman, de la grippe espagnole à la fin de la guerre. Elle me manque beaucoup.

Pour mes beaux-parents, je ne lui ai rien caché. Leur arrivée un beau jour de juin à Genève. Ma stupeur. Mon pressentiment. Je les ai tout de suite reconnus. Le même front haut chez le père de Hans, la même blondeur chez la mère. Seulement, ils ne souriaient pas. Ils n'essayaient même pas. Ils se tenaient dans l'encadrement de la porte, sûrs de leur bon droit, le regard inquisiteur. Je les ai invités à entrer. « Nous avons fait un long voyage de Dresde », s'est contenté de dire son père. Je leur ai apporté des rafraîchissements.

« Où est l'enfant, notre petit Hans ? » a demandé la mère après avoir bu son verre d'eau. « Il s'appelle Jean, j'ai répondu, et il joue dans sa chambre. » J'ai posé la question qui me brûlait les lèvres : des nouvelles de Hans ? Ils m'ont appris qu'il était porté disparu sur le front en France. Je n'ai pu dissimuler le choc que j'éprouvais. Une vague de désespoir m'avait submergée. Puis ils ont déclaré : « Notre fils s'est comporté en héros. Il a été décoré de la croix de fer de deuxième classe. Il repose selon toute vraisemblance au champ d'honneur. Nous sommes fiers de son sacrifice pour sa patrie. » J'ai eu un haut-le-cœur. Eux m'observaient comme une bête curieuse, en s'échangeant des regards à la dérobée. Là, j'ai entendu, et je me remémorerai toute ma vie cette phrase prononcée du bout des lèvres : « Mademoiselle… le petit a six ans, n'est-ce pas ? Nous avons pensé que, pour son entrée à l'école après l'été, une éducation dans la meilleure école de Dresde, celle qu'a fréquentée son père, serait une excellente chance pour lui. »

J'ai ressenti comme une gifle. Je suffoquais. Puisque je ne répondais rien, ils ont ouvert la porte de sa chambre. Jean était, à son habitude, assis par terre. Il contemplait le tapis. Ils l'ont appelé, une fois, deux fois, trois fois. Il n'a même pas tourné la tête vers eux. Absorbé dans son monde, imperméable à toute sollicitation, Jean se contentait de suivre du doigt les motifs géométriques du tapis en remuant les lèvres silencieusement. Il était si concentré qu'il ne percevait pas le filet de bave qui coulait de sa bouche. Eux l'ont sûrement vu. Ils l'ont contemplé en silence, les yeux de plus en plus écarquillés. Ils sont repartis plus vite que je ne pensais, après avoir simplement jeté un mot sur lui, un mot terrible que j'ai préféré oublier.

Quand la porte a claqué, je me suis assise à côté de Jean. J'ai posé ma joue contre la sienne. Nous sommes restés ainsi un bon moment. C'était un cœur-à-cœur qui se passait de mots.

Ernst m'a simplement dit : « Louise, c'est très beau, votre amour pour votre fils. »

Mercredi 14 octobre, matin

Calé dans un fauteuil du petit salon attenant à sa chambre du Grand Hôtel, Briand fume, caressant la mince corolle de papier d'où sortent des volutes grises. Un rectangle de ciel bleu se découpe dans la fenêtre. Il vient de lire l'article du jour du *Journal des débats* : « De notre envoyé spécial, Fernand de Brinon. *Il y a en ce moment quelques motifs de mélancolie. C'est aux Allemands maintenant de nous prouver par des faits et non plus par des paroles qu'ils possèdent de la bonne foi et de la volonté. Le secrétaire d'État Kempner est parti avant-hier à minuit en auto pour Bellinzona, où il a pris l'express pour Berlin hier à une heure du matin…* »

Jules Sauerwein, tout sourire, apparaît dans l'encadrement de la porte.

– Ah, Jules ! Entrez, installez-vous. Je n'ai qu'un court moment à vous consacrer, vous ne m'en voudrez pas, mais je suis bien aise de vous voir. Comment vous portez-vous ? Et Marthe et les enfants ?

Il se porte au mieux, la famille aussi. Issu de la haute société protestante de Marseille, le grand reporter du *Matin* allie flegme et chaleur méridionaux. Il s'assied, visiblement heureux d'avoir décroché cette entrevue. Il va pouvoir puiser à la source. Le ministre va le mettre à l'aise et distiller les informations comme il l'entend.

Le Matin a beau être un soutien du gouvernement, Briand a ses raisons personnelles de soigner ce journal. Il a piqué sa maîtresse à son directeur, Maurice Bunau-Varilla, surnommé « MBV ». À vrai dire, il se demande parfois si MBV ne s'est pas adroitement débarrassé de la pétulante Lucie Jourdan. Mais enfin, Briand marche sur des œufs. Il n'y peut rien, lui, s'il attire les femmes : même à son âge, il suffit qu'il les regarde d'un air tendre et attentionné, et les voilà à se pâmer. Les femmes aiment les hommes de pouvoir. Seulement, le pouvoir l'occupe énormément. Toutefois, Lucie a l'élégance de ne pas s'en plaindre, c'est pourquoi il tient particulièrement à elle, lui qui n'a pu construire une famille. Ce n'est pas qu'il ne l'ait pas voulu ; simplement, cela ne s'est pas fait. Trop occupé. Et puis, il s'est un peu laissé griser par toutes ces vocations d'égéries qui lui tombaient dans les bras.

Jules Sauerwein commence par les compliments d'usage. Il a bien aimé la réponse de Briand à ceux qui flairent un piège dans ces négociations : « Un bon renard prend la viande et laisse le piège… » C'est l'une de ces formules dont il a le secret et qui font le tour de Paris.

Tout en l'écoutant, Briand ne peut s'empêcher de penser à l'île Milliau, ce désert qu'il espère quand le surmenage guette. Lucie s'est fait offrir par Bunau-Varilla un corps de ferme sur cette île bretonne face à la Côte de Granit rose. De

Trébeurden, on y accède à pied à marée basse. Un havre de paix, l'endroit rêvé pour se reposer loin des regards, parmi les oiseaux de mer et les lapins. Il a hâte d'y retrouver Lucie et d'y faire une cure de silence.

– Alors ça y est ?

Le correspondant du *Matin* le regarde, interrogatif. L'île bretonne se dissipe d'un coup.

– L'accord va être signé ?

Briand sourit. Mais oui, c'est en bonne voie. Le projet de texte du pacte est prêt. Les délégations polonaise et tchécoslovaque, qui ont rejoint la conférence lors de cette huitième séance, ont accepté les projets d'accords d'arbitrage sur les frontières à l'est. Il y aura une dernière réunion pour parapher le pacte. Elle ne sera pas publique, mais une photographie sera prise pour la presse.

– Et vous y croyez, à une paix durable grâce à ces accords ?

Ah, ces questions des journalistes ! Il faut toujours mettre les points sur les « i ».

– Mon cher, je ne suis pas naïf. Ce ne sont pas nos embrassades qui vont garantir la sécurité de la France. Je fais la politique étrangère de notre démographie, et cette politique consiste à enserrer l'Allemagne dans un réseau de liens et d'engagements internationaux limitant sa marge de manœuvre révisionniste. Alors oui, ces accords sont un premier pas vers une paix durable. Mais il faudra aller plus loin. Victor Hugo en parlait déjà : créer les États-Unis d'Europe… C'est une nécessité si nous voulons conserver la paix. Nous n'en sommes qu'au début.

Sauerwein sourit, de l'air de celui qui ne gobe pas tout le discours. Aussitôt, Briand reprend de plus belle, sans prêter attention à la cendre qui tombe sur son gilet :

– Mais ce ne sont pas de belles paroles. Voyez-vous, nous partons de bien loin. Souvenez-vous… Juste après la guerre, nous n'étions pas pressés de parler aux Allemands. À quoi bon ? On n'avait rien à leur dire. On les avait eus, n'est-ce pas, alors quoi ? Mais les Allemands, eux, six mois après la fin de la guerre, nous faisaient déjà des offres. À les entendre, il fallait oublier et se remettre au travail. Ils s'étonnaient de notre culte des morts, de notre défiance, de la sécheresse de nos fins de non-recevoir. « Enfin, messieurs, sur quel ton on nous parle ! » Eh bien oui, quel chemin parcouru ! C'est de cela qu'il faut se réjouir, de cette dynamique lancée.

– Quel chemin parcouru, en effet, le relance le journaliste, car on donnait peu cher de la proposition allemande de pacte rhénan…

– Vous connaissez la stratégie du vieux bas ?… (Le regard de Briand pétille.) Ne jamais rejeter un projet inacceptable, mais le retourner à son avantage, comme un vieux bas.

Sauerwein rit. Briand avance alors, mine de rien, une idée qu'il aimerait lui faire reprendre dans son article :

– Voyez-vous, cher ami, j'essaie, derrière la voix de l'Allemagne prussienne, de faire entendre celle de l'autre Allemagne, fédéraliste, celle du Saint Empire, de Leibniz.

Le journaliste griffonne quelques notes sur son carnet.

Un majordome entre, à la main un pli de la délégation allemande déposé par un coursier. Briand a envie de s'amuser un peu, de faire diversion. Il adresse un clin d'œil à Sauerwein et lance d'un air primesautier, en référence aux injures de Maurras qui le traite de corrompu à longueur de colonnes dans *L'Action française* :

– Tiens, voilà l'argent de Luther. On va pouvoir jouer au poker !

Journal de Louise, mercredi 14 octobre

Hier, j'ai reçu une lettre de Lilli. Elle est passée dimanche au chalet d'enfants.

« Ton petit Jean a très bonne mine. Il était occupé à observer une colonne de fourmis sur le chemin. Il ne se mêle pas aux autres enfants, comme tu imagines, mais tout le monde a l'air de bien l'aimer, ton petit bonhomme. Son visage d'ange attire la sympathie et, de plus, il est très respectueux, tient la porte aux dames comme aux fillettes. Et quand sonne la cloche du déjeuner, il vient de lui-même, gentiment, lave ses mains pleines de terre à la pompe du jardin. L'après-midi, lors de la promenade, il n'a pas voulu monter sur l'âne, préférant marcher à côté de lui. Il a ramassé de petits cailloux qu'il examinait avant de les fourrer dans ses poches. Quand nous sommes rentrés pour le goûter, il a posé ses cailloux sur la table et réalisé une très jolie mosaïque en forme de colimaçon. Je lui ai passé mon carnet et lui ai demandé de faire un dessin pour toi. Le voici. »

J'ai déplié la feuille et ai tressailli : le dessin nous représente, lui et moi, un petit garçon collé contre sa mère, au-dessous d'un immense papillon blanc.

Vraiment, je devrais me dégoûter. Dix ans de fidélité à son souvenir, et en seulement dix jours j'oublie son père. On m'annonce la mort de Hans, et je m'en vais danser, je m'amuse ! Sa mort aurait dû me plonger dans l'affliction la plus extrême. La vérité est qu'elle me rend à la vie.

Tant que j'attendais Hans, ma vie était suspendue. La voici revenue à gros bouillons, rompant la retenue, elle s'impose, me saisit tout entière de désirs. Sa violence m'effraie et me ravit tout à la fois. J'en tremble et frissonne, j'essaie de calmer mes élans. Mais je n'en ai cure. J'ai tant à rattraper.

Tout ici conspire à vouloir jouir de la vie. La douceur de l'air, la lumière si belle, la fraternisation entre ennemis d'hier et l'euphorie de la paix annoncée. Ce lac répand ses sortilèges, ses philtres magiques. Même la petite colombe, presque guérie dans son panier, lisse ses plumes de son bec et m'observe d'un œil guilleret.

Que m'arrive-t-il ? Je m'abandonne à cette douce démence qui s'est emparée de tous ici. Je suis subjuguée, je ne lutte plus, je me laisse porter, je m'ouvre à l'inattendu. Peu importe la folie, j'accepte tout, je suis prête.

Télégramme de Gustav Stresemann à Franz Kempner, mercredi 14 octobre à midi

Cher Franz,

Chamberlain est venu ce matin avec son fidèle secrétaire, Selby. Schubert était aussi présent. Conversation très constructive.

Sur l'évacuation de Cologne, Chamberlain voit un progrès depuis que les experts militaires à la conférence à Berlin se sont déclarés incompétents au profit de la conférence des ambassadeurs. Quelle perception sur place ?

Sur le régime rhénan, il a accepté ma proposition d'élaborer un fond de discours commun, que Briand et Chamberlain tiendraient devant leurs Chambres respectives, et auquel je me référerais ensuite devant le Reichstag. Je ne vois pas de meilleure solution pour le moment.

Rassure Käte sur ma santé, je suis complètement rétabli. Je compte sur toi.

Ton fidèle

Gustav

Télégramme de Luther à Hindenburg, mercredi 14 octobre peu avant minuit

Très vénéré Monsieur le Reichspräsident !

D'une question posée par le secrétaire d'État Kempner, je déduis que le conseil des ministres de cette nuit s'est interrogé sur la garantie réelle qu'apporterait la lettre d'interprétation de l'article 16 du Pacte [sur l'adhésion de l'Allemagne à la SDN] que les alliés anglais, français, belges et italiens proposent de nous adresser. Nos juristes ont envoyé à Berlin les arguments qui permettent de répondre par l'affirmative à cette question.

Je souhaite à titre personnel ajouter à votre intention que, du point de vue politique, je considère la solution trouvée comme suffisante. Je sais combien cette question, que je vous ai maintes fois présentée comme cruciale pour l'avenir, vous touche aussi particulièrement.

Avec l’expression de ma plus haute et respectueuse vénération, je suis votre toujours dévoué

Luther

Journal de Louise, jeudi 15 octobre

Les dés sont jetés. Je ne regrette rien de ce qui s'est passé. Hier, la conférence de paix ne siégeait pas et nous sommes partis de bon matin. Une étroite vallée s'ouvrait au-delà de Minusio. Devant l'une des maisons trapues en granit gris d'un hameau, nous avons demandé à un paysan un chemin accessible vers un joli point de vue sur le lac Majeur. Il nous a montré un sentier qui s'élevait, mi-herbeux, mi-pierreux : « À trois heures de marche, vous trouverez une petite ferme. C'est là où crèche le vieux Giuseppe. C'est modeste, presque une cabane d'alpage. Je vous préviens, il parle à ses chèvres. Mais pour la vue, *Madonna* ! Vous aurez une belle vue, si loin que le regard vous porte. Ensuite, ça monte vers la Cima dell'Uomo. »

La cime de l'homme ! C'était comme un appel. Nous avons suivi le sentier. Il sentait l'aubépine et le noisetier. Un pas après l'autre, nous gravissions la pente. Des oiseaux s'envolaient à notre passage. Des écureuils bondissaient en faisant rouler des cailloux. Ernst s'est agenouillé au bord d'un ruisseau, a rempli la gourde et me l'a tendue. L'eau était fraîche et délicieuse. Nous avons repris notre ascension en silence.

Enfin, quelques marches taillées dans la roche nous ont menés à une terrasse bordée d'un parapet en bois noirci autour duquel s'enroulait le tronc noueux d'une glycine. Une table grossière, des rondins en guise de tabourets. En retrait, une masure de pierre grise au toit de lauzes en pente, avec une porte encadrée de deux fenêtres. Trois chèvres se sont approchées pour nous lécher les mains de leur langue râpeuse.

Un vieil homme est sorti. Il n'a pas dit un mot, mais son regard, ses gestes nous souhaitaient la bienvenue. Sans cesser de nous observer avec bonhomie, il nous a apporté un bol de lait de chèvre et un morceau de fromage, dont il a coupé des lanières à l'aide de son canif. Les chèvres s'étaient regroupées autour de lui et leurs petits sabots de corne tambourinaient gaiement sur le sol. Il est reparti vers un pré en pente, suivi de son troupeau. Il se retournait vers l'une, caressait la tête de l'autre, puis ils ont disparu derrière un talus.

L'air était léger, enivrant. Nous nous sommes assis au bord de la terrasse. Derrière nous, la Cima dell'Uomo brillait au soleil, un aigle planait très haut vers le sommet. Devant nous, la pente herbeuse dévalait vers un boqueteau d'arbres jaunissants, qui se découpait sur la face noire d'ombre de la falaise. Là où les deux pentes opposées se rejoignent, au creux de la vallée entourée de montagnes formant des écrans mauves de plus en plus clairs, une tache bleue reflétait l'immense drap du ciel. C'était le lac. Nous sommes restés à contempler et respirer le paysage, nous y fondre enfin, jusqu'à devenir nous-mêmes pure transparence et pure lumière.

Combien de temps sommes-nous demeurés ainsi ? La question ne se posait pas. Le temps semblait aboli. C'est au tintement joyeux des sabots des chèvres que nous avons réalisé la tombée progressive de la nuit. Les ombres s'allongeaient à vue d'œil sur les pentes. Au loin, l'horizon avait pris des teintes de feu et, parmi les montagnes violettes, le lac semblait une tache de sang. Il n'était à cette heure plus question de redescendre. Le vieil homme nous a invités à entrer dans sa cabane, a allumé la lampe à pétrole et s'est retiré. Nous avons entendu grincer la porte de l'étable. Puis le silence de la montagne s'est répandu, un silence habité d'étoiles très scintillantes, de soupirs d'herbes et de hululements de chouettes.

Nous sommes entrés dans la nuit. Quelque part sous la terre, des racines creusaient. Quelque part au creux de l'herbe, des sources coulaient. Quelque part dans la nuit, des papillons blancs volaient. Les premiers rayons du soleil nous ont réveillés. Dans la faible lumière laiteuse, le lac blanchissait. La porte de l'étable s'est ouverte sur un carillon de petits sabots martelant la roche. Le vieux Giuseppe n'a pas voulu accepter d'argent. Il a simplement mis la main sur son cœur.

L'air était frais sur le chemin du retour. Le lac, à nos pieds, rosissait et grossissait. Comme dans un rêve, tout faisait signe. Nous avons longé un arbre foudroyé, dont les racines à l'air étaient parsemées de vigoureux surgeons par lesquels il renaissait. L'appel de la vie était le plus fort. Un clocher carillonnait. En seulement deux heures, nous étions de retour au village et une heure plus tard nous buvions notre café chez Marianne. Il fallait se rafraîchir pour le banquet de la presse en l'honneur des délégués.

Jeudi 15 octobre, matin

– C'est la catastrophe !

Stresemann sent son cou enfler et son cœur oppressé comme s'il était emprisonné dans une cage de fer. Luther vient de lui faire lire le télégramme parvenu ce matin de Berlin en réponse au sien : « *Reichspräsident, considérant les risques d'une adhésion à la SDN pour l'Allemagne, demande de ne pas parapher l'accord avant discussion en conseil des ministres.* »

Il est à peine sept heures du matin. Les premiers rayons du soleil ont franchi les montagnes à l'est. Pas un nuage. La journée sera belle encore. Un à un, Schubert, Gaus, Kiep et Stockhausen entrent en silence dans le petit salon.

Luther arpente la pièce, les mains dans le dos.

– Dix jours de négociations pied à pied pour trouver péniblement un compromis, et on devrait arrêter si près du but ? Si nous refusons de parapher, c'est fini, il n'y aura pas de pacte, les Deutschnationale pavoiseront et le gouvernement ne sera pas forcément sauvé…

« Il a raison », pense Stresemann qui ajoute, d'une voix faible, car il se sent fatigué :

– Et l'Allemagne portera tout le poids d'un échec de la conférence de Locarno et sera plus isolée que jamais.

Luther enchaîne sur un ton énergique :

– Donc une seule solution : revenir à la charge et tenter d'obtenir quelques concessions. Pas une minute à perdre ! Monsieur le secrétaire d'État Schubert, pourriez-vous s'il vous plaît appeler Berthelot et Hurst pour leur demander une entrevue avec Briand et Chamberlain ? En urgence, avant la plénière de ce matin. Et monsieur le directeur ministériel Kiep, veuillez tenir les journalistes à distance. Racontez-leur ce que vous voulez.

Lorsque Briand a vu arriver la délégation allemande, il a aussitôt compris que c'était la crise à Berlin et que l'idylle de Locarno pourrait bien virer au fiasco, lui qui aime à dire : « Il ne faut jamais croire que c'est arrivé, sans quoi on est fichu. » « Et dire qu'en ce moment même Painlevé, le président du Conseil, reçoit Massigli, porteur du texte du pacte. Il doit être en train de m'adresser les plus vives félicitations du gouvernement », pense-t-il, maussade.

Luther mène l'assaut comme un uhlan en 14, sabre au clair, avec élan. Il réclame tout de go de nouvelles concessions. Briand reste ferme sur ses positions comme un zouave sur la Marne, avec détermination :

– Messieurs, nous vous l'avons dit maintes fois, nous n'avons plus aucune marge de manœuvre sur ce point. La lettre que nous vous enverrons sur l'adhésion de l'Allemagne à la SDN suffira à garantir vos arrières. Nos juristes en ont convenu ainsi, nous en sommes tous d'accord. Nous ne reculerons pas et vous n'obtiendrez rien de plus, c'est peine perdue.

Chamberlain renchérit :

– *Game over!* Le match est fini. Pas de prolongation.

Tels des boxeurs renvoyés dans les cordes, tous reprennent leur souffle, poitrine enfoncée, épaules affaissées. Briand tire nerveusement sur sa cigarette. Chamberlain essuie son monocle, l'air contrarié. Luther fixe le sol, les mâchoires contractées, des veines bleues saillant sur ses tempes. Stresemann sent la sueur couler de son crâne. Les minutes s'égrènent. Enfin, ils se lèvent tous dans un silence pesant et se saluent, découragés et résignés.

Ils ont juste le temps de rallier le palais du Pretorio. La courte et morne réunion plénière qui s'ensuit ne peut qu'acter l'absence d'accord.

La séance levée, Briand s'approche de Luther, en pleine discussion avec Oswald Hesnard, le chef du service d'information de l'ambassade de France à Berlin. Stresemann les rejoint, tout en restant un peu en retrait : c'est le chancelier qui dirige la délégation, c'est lui qui aura le dernier mot.

Briand se campe devant Luther et Hesnard. Il a bien réfléchi et est venu délivrer un message important. Sur l'allégement de l'occupation de la Rhénanie, il veut apporter non seulement des mots, mais des actes. Il estimerait malhonnête – il appuie sur ce mot – qu'un pacte conclu à Locarno n'entraîne pas rapidement des changements significatifs. Aussi a-t-il l'intention d'envoyer deux membres de la délégation à Paris pour préparer le terrain. S'il ne parvient pas à imposer cette évolution, alors il donnera sa démission.

Le mot « démission » reste en suspens dans la pièce. Briand vient de jeter tout son poids dans ce mot.

Luther le remercie pour son engagement si fort et pour ce témoignage de sincère amitié. Ses yeux s'humidifient, mais il ne veut pas se montrer trop sentimental, ce n'est jamais bon en politique. Il bat en retraite le plus vite possible.

Briand le regarde s'éloigner avec une certaine tendresse. Il murmure à Hesnard :

– Je finis par bien l'aimer, le bon docteur Luther. Et je n'aimerais pas être à sa place.

Jeudi 15 octobre, à l'heure du déjeuner

C'est l'effervescence dans la petite ville de Locarno, tout le monde y va de ses nouvelles confidentielles et de son bon tuyau. Otto Kiep, qui a multiplié les contacts informels avec des journalistes, instruit Luther et Stresemann de la rumeur insistante d'une signature du pacte dès le lendemain. Le décalage est complet entre ce que croient les journalistes et la réalité des négociations.

C'est précisément ce jeudi qu'a lieu le repas de presse. L'Association des journalistes accrédités auprès de la Société des Nations a prié à déjeuner les chefs des délégations à la conférence de Locarno. Que vont-ils pouvoir raconter aux journalistes ? Ils sont sur des charbons ardents. Surtout les Allemands. « Si cela se savait que les négociations n'ont pas abouti, pense Stresemann, on nous en imputerait l'échec. » « Avoir l'opinion mondiale avec nous est indispensable pour la survie du gouvernement », songe Luther de son côté.

Treize heures trente. Deux cents convives s'installent autour des deux longues tables du banquet. Aux places d'honneur trônent Chamberlain, Briand, Luther et Stresemann, Vandervelde, Scialoja, Beneš et enfin Skrzyński, ministre des Affaires étrangères polonais.

Chacun a droit à un menu sur lequel les délégués sont représentés sous forme d'anges tenant dans leurs mains un canard. Quant au programme culinaire, les journalistes se sont bien amusés : « œufs froids de toute sécurité », « sauce communiqué », « salade d'arbitrage », « vacherin désarmement ».

Chamberlain se lève et exprime en français de chaleureux remerciements au nom de tous ses confrères. Il évoque une grande bonne volonté des délégués, d'une remarquable courtoisie et au réel esprit de conciliation, indispensables au succès des négociations… Impossible de dire aux journalistes que ces dernières sont en réalité bloquées. Il faut sauver les apparences. Pas d'autre solution que de jouer la comédie. Et, en parfait gentleman, Sir Austen la joue avec grâce et élégance. Il donne le ton.

Alfred Mallet du *Figaro* claironne que le titre de son article est tout trouvé : « Une allocution optimiste de M. Chamberlain à un déjeuner offert par la presse ». Autour de la table, les journalistes piaffent d'impatience de recueillir des scoops.

À chacun sa tactique pour éviter le sujet du jour.

Briand, tout en faisant d'artistiques ronds de fumée avec sa cigarette, s'est lancé dans une longue description de la pêche à l'écrevisse, que les journalistes n'osent interrompre.

Stresemann, considérant sans doute que la bouche pleine permet d'éviter de parler, fait honneur aux œufs mimosa, en réalité trop salés. Il se sert à nouveau, les arrose copieusement de « sauce communiqué », un peu trop piquante à son goût, mais rien ne l'arrête, il se goinfre de pain pour faire passer le tout. Son bel appétit fait plaisir à voir. Le vin coule à flots et alimente l'allégresse. Un sort est fait à la « salade d'arbitrage » dans la bonne humeur.

Luther pignoche dans son assiette et fait des boulettes avec son pain. Surjouant la gaieté, Stresemann le pousse du coude en clamant : « Ah ! le joyeux banquet ! Eh bien, monsieur le chancelier, c'est tout à fait délicieux, n'est-ce pas ? » Mais le chancelier pâlit en voyant l'immense part de « vacherin désarmement » qu'on dépose sur son assiette. Il mâche méthodiquement, seul moyen de digérer la chose. Déjà, son estomac gargouille furieusement et son ventre se met à ballonner, menaçant de relâcher tout cet air, mon Dieu, il ne sait par quel bout... Il réprime un rot, misère !, essuie ses lunettes, s'éponge le front et la bouche. Il souffre. Ça y est, il a le hoquet. Ah, le café arrive, le meilleur moment du repas... Vivement la fin.

Il n'est cependant pas au bout de ses peines. Les huit délégués sont à présent invités à signer, en guise de souvenir de ce jour mémorable, les menus de chaque convive. Deux cents cartons...

Les journalistes ne lâchent plus les délégués. Chamberlain répète son antienne joviale : « Ah ! quel bel esprit de gentlemen anime nos discussions ! Que de bonne volonté de part et d'autre ! » Briand, en conteur-né, poursuit son histoire de pêche, cette fois au maquereau, devant un auditoire captivé. Stresemann fait signe qu'il a la bouche pleine en levant sa fourchette et son verre. Luther, bombardé de questions, évite soigneusement de parler des négociations, sauf pour souligner la parfaite cordialité dans laquelle elles se déroulent. Tous font assaut d'amabilités et de paroles creuses, arborent une mine réjouie, trinquent, plaisantent et rient de bon cœur en admirant leurs caricatures sur le menu.

Louise essaie à plusieurs reprises de poser une question au chancelier, mais celui-ci feint de ne pas l'entendre dans le brouhaha. En réalité, il l'a reconnue, la journaliste qui les a découverts, Briand et lui, à l'auberge d'Ascona ; son article dans *Le Courrier de Genève* lui a valu une volée de bois vert de la part des nationalistes. Il y a une semaine, ils devaient encore se cacher, et aujourd'hui ils jouent la comédie…

– Monsieur le chancelier, une question s'il vous plaît !

Qu'est-ce encore ? D'une voix forte, Ernst s'est levé à moitié pour s'adresser au docteur Luther :

– Ernst Wibeau du *Berliner Tageblatt.* Herr Reichskanzler, les dernières nouvelles de Berlin évoquent d'âpres batailles au sein du gouvernement. Confirmez-vous que vous avez le soutien du Reichspräsident et de l'ensemble du cabinet pour conclure un accord ?

Luther manque d'avaler de travers et s'empresse de rire gaiement en répondant :

– Les bonnes nouvelles voyagent sans doute plus vite sous le ciel bleu de Locarno que sous l'épaisse couche de nuages qui obstrue, c'est bien connu, le ciel de Berlin…

Les rires fusent autour de la table. Stresemann est celui qui rit le plus fort. Il lance à Luther un clin d'œil.

La mine dépitée, Ernst comprend qu'il n'apprendra rien du côté allemand et s'adresse à Chamberlain :

– Monsieur le Foreign Secretary, permettez-moi une question : confirmez-vous qu'un accord définitif a été atteint ?

Le délégué anglais tousse un peu et prononce ce chef-d'œuvre de langage diplomatique :

– Cher monsieur, disons que nos pourparlers s'acheminent vers la fin, que nous espérons tous chaudement, mais dont même l'optimisme le plus téméraire ne saurait prévoir le résultat…

Ernst hoche la tête. C'est bien ce qu'il pensait : la partie n'est pas terminée.

Le *Figaro* du 16 octobre 1925

Locarno, le 15 octobre

M. Mussolini est arrivé en automobile vers 16 heures, venant de Stresa. Il est descendu à la villa Farinelli, propriété d'un ancien consul d'Italie.

Son arrivée a passé inaperçue.

L'Association des journalistes accrédités auprès de la Société des nations a prié à déjeuner les chefs des délégations à la conférence de Locarno.

Pour la première fois on a vu s'asseoir à la même table M. Briand, les docteurs Luther et Stresemann, M. Chamberlain, M. Scialoja, M. Beneš et M. Skrzyński.

M. Austen Chamberlain a exposé qu'il ne s'agissait pas du triomphe d'une délégation sur une autre, sans quoi l'accord auquel on est arrivé ne serait en réalité qu'un désaccord.

« Nous avons, a-t-il dit, tous voulu aboutir, et nous avons réussi. Les textes que nous emporterons vivront parce que nous nous souviendrons de nos contacts personnels de Locarno et de la bonne volonté que chacun a apportée dans l'accomplissement de sa tâche. »

[Après] l'offre d'un pacte faite par l'Allemagne, il [M. Briand] comprit immédiatement tout le parti qu'il en pouvait tirer. De fait, la conférence de Locarno se solde pour nous par deux gains remarquables : la renonciation solennelle et définitive à l'Alsace-Lorraine par l'Allemagne, la garantie de notre frontière rhénane, sous la responsabilité personnelle et illimitée de l'Angleterre et de l'Italie. Certes, notre ministre des Affaires étrangères peut regarder son œuvre avec un légitime orgueil. Nous voulons croire qu'au retour il saura, par-dessus les fumées de l'encens, discerner les dangers prochains que peut comporter la conclusion du pacte.

À la faveur de cette entente nouvelle, ou tout au moins de cette détente, les Allemands vont essayer de nous soutirer des compensations immédiates. Ils feront valoir l'antinomie qui existe entre le traité de Versailles et le pacte : le premier instrument est basé sur des rapports de vainqueur à vaincu ; le deuxième implique l'équilibre des droits et des engagements entre tous les États signataires. Soulignant cette contradiction interne, le chancelier Luther et M. Stresemann ont demandé, dès hier soir, la réduction de notre occupation rhénane. Il faut que notre réponse soit nette et négative. Nous ne pouvons pas renoncer à ce droit, qui est la clause essentielle du traité de Versailles. Il faut que la bonne volonté du Reich se traduise par des actes, et non seulement par une signature. Et, en mettant les choses au mieux, nous devons réserver tout le temps nécessaire pour alléger graduellement notre occupation.

On aurait tort aussi de croire que le pacte va nous donner une paix permanente. L'histoire a déjà connu d'autres combinaisons d'assurances mutuelles. Rappelez-vous le traité de 1839, qui garantissait la neutralité de la Belgique et l'alliance austro-italienne. Toutes ces combinaisons ont fait faillite. Le pacte occidental nous donnera quelques années de répit : soit. Le danger serait que des formules juridiques parviennent à anesthésier l'opinion publique. Si la population de l'Allemagne continue à croître, et celle de la France à rester stationnaire, comment la première, par les lois mêmes de l'équilibre, ne chercherait-elle pas à se déverser sur l'autre ?

Les capucins de la Madonna del Sasso avaient, au fronton de leur église, inscrit en lettres de feu, comme souhait de bienvenue aux négociateurs de Locarno, le mot *pax*. Mais la paix n'est pas seulement le vœu de la multitude, l'espérance des foules. Elle n'est pas seulement un effort d'intelligence des hommes d'État pour vaincre les préjugés, coordonner les relations économiques et établir des barrières juridiques. Elle est, avant tout, un rapport de population, ou, si l'on veut, un équilibre de forces.

Alfred Mallet

Jeudi 15 octobre, soir

C'est dans la lumière rose du couchant qu'ils arrivent au Grand Hôtel. Ils ont chacun emprunté des chemins détournés – les journalistes se doutent de quelque chose et rôdent autour du palace.

Chamberlain s'adresse aussitôt à Luther et Stresemann :

– Eh bien, *gentlemen*, nous avons déjà banqueté en l'honneur d'un succès que nous devons maintenant mériter. La terre entière attend que nous signions demain un pacte de sécurité. C'est notre réunion de la dernière chance. Que faisons-nous ?

Tous les regards sont braqués sur le chancelier. Il a lutté tout l'après-midi contre une digestion difficile, buvant des tisanes à la camomille. Rien n'y a fait, il se sent encore ballonné et las. Il répète que personne en Allemagne ne comprendrait qu'on signe à Locarno un pacte de sécurité sans une perspective claire d'évacuation de la zone de Cologne.

Un télégramme lui est apporté, Luther prie l'assemblée de l'excuser le temps d'en prendre connaissance. Ses craintes se confirment : le conseil des ministres qui vient de se terminer à Berlin ne souhaite pas qu'un accord soit paraphé à Locarno, mais se prononce pour un simple « *Protokoll* », un compte-rendu de fin de négociations. Sans un mot, il passe le télégramme à Stresemann. Berlin leur lie les mains.

Briand les ramène à la discussion d'un soupir et, d'une voix lasse, rappelle que cette question de Cologne se situe sur un tout autre niveau. Il n'appartient pas à la conférence de Locarno d'en décider, parce que cette évacuation dépend de la Commission militaire interalliée de contrôle du désarmement allemand et qu'aucun ministre ici présent n'a les pleins pouvoirs pour négocier à ce sujet. Mais il n'a rien contre le fait qu'on dise, de manière assez générale, qu'on a parlé ici de ce sujet et qu'on s'est mis d'accord sur un certain processus. Vandervelde opine.

Luther fait remarquer que, cependant, la plupart des points soulevés par la Commission interalliée sont réglés ou en passe de l'être. Chamberlain nuance aussitôt son propos : les questions du désarmement restent en suspens et sont loin d'être négligeables.

– Ce n'est pas tout, enchaîne Luther. Il y a encore d'autres sujets à discuter, surtout la question de l'amélioration du régime d'occupation de la Rhénanie. Le sort de la population allemande là-bas choque tout le pays.

– Comptez sur moi, dès mon retour à Paris je m'en occupe, assure Briand. À Locarno, je ne suis pas en capacité d'en décider, car je ne peux en aucun cas agir par-dessus la tête des militaires.

Stresemann sort de son silence. Il tente de déverrouiller le sujet par une proposition en apparence modeste :

– Ne pourrait-on pas mentionner au moins la Rhénanie sous une forme quelconque dans le compte-rendu final ?

Briand devait s'y attendre. Sans fermer totalement la porte, il entreprend d'en réduire l'ouverture :

– Cela m'est hélas impossible. Mais nous pourrions trouver une phrase ouvrant des perspectives sur l'avenir…

Il se tourne vers son impavide secrétaire général du Quai d'Orsay.

– Mon cher Berthelot, avez-vous une idée de formulation ?

Berthelot, qui se pique d'aimer la littérature au point d'avoir favorisé au sein du ministère des Affaires étrangères une pléiade d'amis écrivains, Claudel, Giraudoux, Morand, Leger et d'autres, se délecte visiblement à ciseler les phrases.

– Eh bien, nous pourrions par exemple écrire quelque chose sur – ce n'est qu'une proposition martyre, à affiner – notre ferme conviction que… l'entrée en vigueur du pacte de Locarno facilitera la résolution… de nombreux problèmes politiques et économiques… mmm… conformément aux intérêts et aux souhaits des peuples…

– Excellente base. Merci, mon cher Berthelot. Monsieur Hesnard, pourriez-vous traduire en allemand ?

L'interprète s'exécute. Stresemann écoute, concentré. Luther, qui n'a pas besoin de traduction, martèle aussitôt :

– Il nous faut du solide, un délai, une date pour l'évacuation. Sinon, impossible que cela passe à Berlin.

Briand le regarde d'un air patelin et lui propose quelques éléments de langage pour Berlin. *Primo*, rappeler que l'on s'est accordé à Locarno sur un processus. *Secundo*, se référer à son engagement personnel à lui, Briand, de tout faire à Paris pour alléger le régime d'occupation de la Rhénanie. *Tertio*, souligner la forte détente que produira le pacte, entraînant un enchaînement vertueux. Enfin, insister sur le fait que les délégués ont évoqué librement tous les problèmes qui les préoccupaient.

L'argumentaire est impeccable, Briand a du métier. Mais Luther connaît aussi son monde et sait que cela ne suffira pas. Son estomac gargouille de plus belle. Une véritable tempête se déchaîne sous le crâne du chancelier : « Voyons les choses en face, je suis coincé. J'ai voulu venir à Locarno pour rester maître de la situation. En même temps, Stresemann avait tout intérêt que je vienne, afin de ne pas servir de bouc émissaire... Maintenant, nos destins sont liés. S'il sombre, je coule avec lui, mon gouvernement explosera... J'ai péché par orgueil et le piège s'est refermé sur moi. Politiquement et diplomatiquement, il paraît impossible de refuser de parapher le pacte, comme le demande Berlin. Je ne peux pas non plus laisser Stresemann parapher seul, ce serait me défiler devant mes responsabilités... »

Les pensées du chancelier s'entrechoquent. On entendrait une mouche voler. Auprès de la porte entrebâillée, Stockhausen dit à un interlocuteur invisible : « Non, ce n'est pas une séance de négociations, juste une petite réunion de mise au point... Oui... Au revoir, monsieur. » La porte se referme.

Luther se redresse soudain et s'écrie :

– Eh bien qu'ils aillent au diable ! Je signe !

Tous relèvent la tête. Briand le regarde, médusé, l'air d'un gamin qui a tiré le gros lot. Chamberlain ajuste son monocle sur son œil très bleu et ses joues rosissent.

Luther se sent libéré. Ses désordres gastriques s'envolent. Son mal de crâne aussi. Très sûr de lui, il répète :

– Oui, je parapherai ce pacte. J'en prends la responsabilité en tant que chef du gouvernement.

Stresemann se penche vers lui, tout sourire, et murmure :

– Voilà un acte d'homme d'État, monsieur le chancelier. Félicitations.

– Eh bien, je suppose que nous pourrions boire une coupe de champagne, à présent ! (Chamberlain a toujours le chic pour conclure.) Toutefois, je pense que nous aspirons tous plutôt à un repos bien mérité. Nous lèverons nos verres demain à l'issue heureuse de cette conférence lors de la cérémonie du paraphe. *Good job, gentlemen!*

Le chancelier Luther ne peut cacher sa joie. Il a tranché. Le pacte sera signé. Locarno sera un immense succès. Une nouvelle ère s'ouvre, n'en déplaise aux rabat-joie du bord de la Spree, auxquels il n'accorde d'ailleurs pas une pensée en cet instant de triomphe.

La lune s'est levée au-dessus du lac. Des journalistes les attendent dehors, malgré la fraîcheur de la nuit.

Journal de Louise, vendredi 16 octobre

Après la journée mouvementée d'hier, les ballets mystérieux des délégués à la mine tantôt défaite, tantôt réjouie, nous ne savions plus que penser. Et puis cette longue réunion entre les délégués, tard hier soir… Qu'en était-il sorti ?

Je suis arrivée tôt ce matin au palais de justice. Une petite cohorte de journalistes y patientait déjà. Les commentaires allaient bon train.

Alfred Mallet m'a passé, l'air gourmand, son article paru dans le *Figaro* de ce jour : « Le chancelier Luther, M. Stresemann et M. von Schubert se sont rencontrés hier soir avec M. Briand et M. Vandervelde dans le salon de M. Chamberlain. Cette entrevue paraît devoir présenter une exceptionnelle importance à en juger seulement par sa durée, puisqu'elle a commencé à 18 heures 30. La conférence entre les ministres allemands, anglais, belges et français a pris fin à 22 heures. Elle a donc duré trois heures et demie. Le chancelier Luther, en quittant l'hôtel des délégations alliées, a déclaré que la question dont il venait de s'entretenir avec ses collègues était définitivement résolue. La même indication a été donnée dans les milieux français. Dans les cercles britanniques, on a pu savoir "que l'entrevue avait été consacrée à une discussion de politique générale". On y a indiqué également "qu'on avait l'espoir d'être bientôt en mesure d'indiquer les résultats qui pourraient être la conséquence de la conclusion du pacte rhénan". De ces déclarations, à dessein imprécises, on peut aisément déduire que la démarche de la délégation allemande avait pour but d'obtenir notamment une amélioration du régime d'occupation des territoires rhénans, cette amélioration devant matérialiser, au regard de l'opinion allemande, l'inauguration de la politique de détente consacrée par les accords de Locarno. Édouard Herriot, président de la Chambre des députés, a aussitôt évoqué la politique courageuse de réconciliation et de coopération européenne instaurée à Locarno. »

C'était enfin la nouvelle tant attendue : l'acte final serait signé ce matin. Les photographes seraient admis à l'issue de la réunion pour immortaliser la signature.

La réunion des délégués n'a pas duré longtemps. C'était la première fois que je pénétrais à l'intérieur du Pretorio. C'était donc là que les négociations s'étaient déroulées… Au-dessus de l'entrée flotte un drapeau suisse ; cette croix blanche sur fond rouge m'a soudain semblé symboliser la paix au milieu du sang.

Une cinquantaine d'hommes en costume sombre se tenaient assis, sur plusieurs rangs, ou, pour les plus jeunes, debout, le long des boiseries de chêne. Les visages étaient solennels. Presque personne ne souriait.

De l'autre côté de la table carrée, Briand, l'air las, regardait dans le vide, encadré de Berthelot et de Leger. À leur droite, Chamberlain, monocle vissé, ne se départait pas de son flegme.

Mussolini roulait les yeux et se penchait en avant pour mieux être vu.

La délégation allemande, au premier plan, s'est tournée vers nous. Luther, lunettes cerclées de métal, m'a jeté un rapide coup d'œil, comme de connivence. Stresemann regardait l'objectif avec gravité, presque méfiance. À ses côtés, Carl von Schubert laissait pendre sa main négligemment comme s'il était dans sa loge d'Opéra. À l'angle de la table, devant moi, Franz Kempner. Il était donc revenu de Berlin. Lui seul sera flou sur la photographie.

Il manquait le ministre belge, Émile Vandervelde. Il a refusé de saluer le Duce, en mémoire de son ami le député socialiste Matteotti, assassiné l'an passé par les fascistes. Il paraît que les services du protocole font des prodiges pour éviter de les mettre en présence.

Les appareils photo ont crépité de longues minutes. Nous cherchions le meilleur angle, Ernst avec son Leica, moi avec mon Ermanox. Il y avait aussi la jeune Walkyrie blonde qui avait séduit le malheureux Krampff, reparti à Berlin. La séance de photographie terminée, elle s'est plantée, tout sourire, devant Ernst et lui a donné sa carte, sur laquelle est écrit : « Leni Riefenstahl, photographe ». Mais, a-t-elle ajouté, elle allait jouer dans un film de montagne. Quelle ambitieuse ! Elle ira loin.

Nous nous sommes retrouvés au café après la signature, entre journalistes. C'était un bouillonnement, une effervescence. Comme lorsqu'on émerge après une nuit de fièvre : le monde est soudain neuf et étincelant.

Ludovic Naudeau a annoncé, enthousiaste, l'envoi d'un grand article qui paraîtra la semaine prochaine dans *L'Illustration*.

Chacun y allait de son anecdote. Puis un silence s'est fait. On se sentait tous un peu émus à l'idée que la conférence était terminée et qu'on allait devoir quitter les rives du lac Majeur, se séparer et retourner chacun chez soi, après avoir vécu ce moment historique.

Ernst caressait l'échine du saint-bernard. Le gros chien, réapparu soudain, se pressait contre lui et levait des yeux humides. Il nous regardait, tour à tour, interrogateur. Puis il s'est allongé, le museau posé sur ses pattes, dans un grand soupir résigné. Il avait compris, lui aussi, que nous allions partir.

L'Illustration du samedi 24 octobre

Nous venons de vivre, pendant environ deux semaines, dans un décor de fêtes galantes, sous la tiède langueur de la Suisse italienne. Un ciel d'émail reflétait ses sourires à la surface de ces baies voluptueuses qui entr'ouvrent leurs alcôves de feuillage aux deux rives du lac Majeur. Jamais, à ce que je crois, conférence politique ne se déroula dans une telle atmosphère de bonne humeur, et il semblait vraiment que le vent parfumé qui soufflait sur ces montagnes fleuries nous prédisposât tous à un imperturbable optimisme.

Il y avait là plusieurs centaines de journalistes qui, à tour de rôle, chaque jour, allaient se grouper, pour entendre les dernières nouvelles, autour de ceux des négociateurs qui représentaient leur nation particulière. Or, au moindre prétexte et dès que l'orateur risquait la plus insignifiante plaisanterie, le plus anodin sous-entendu, de grands éclats de rire montaient, aussi bien dans les rangs des nationalistes allemands ou des Anglais flegmatiques que des Français, considérés généralement comme des gens plus enclins que les Nordiques à extérioriser leur bonne humeur.

Les négociateurs des diverses nations ne se montrèrent jamais en public qu'avec une expression de jocosité. Chamberlain était heureux de vivre ; Briand, depuis l'instant de son arrivée jusqu'à son départ, eut le sourire ; les ressources de sa verve furent réellement intarissables ; Stresemann buvait fréquemment des verres de bière, aux fraîches terrasses, sous les arcades, comme un touriste exonéré de tout souci ; Skrzyński, le ministre des Affaires étrangères de la Pologne, un peu renfrogné et inquiet le jour de son arrivée, se rassura postérieurement et bientôt, comme tous ses collègues, ne se laissa plus contempler qu'avec une expression béate. Tous ces négociateurs, d'ailleurs, ne se faisaient pas prier pour se reconnaître les uns aux autres « une grande bonne volonté », « une honnêteté personnelle indiscutable », « une remarquable courtoisie » et « un réel esprit de conciliation ». Mussolini lui-même [...] parut d'abord froid et compassé (et puis, aussi, combien amaigri et comme desséché depuis le jour de son avènement), mais il n'échappa point à la contagion générale. [...] C'était la gaieté locarnienne qui déjà s'emparait du dictateur.

Ce ne furent, entre deux colloques, qu'excursions dans des gorges romantiques, croisières répétées sur le lac, conciliabules dans de petites hôtelleries enguirlandées de pampres dorés, fugues rapides en des bourgades qui souriaient au flanc des monts comme des fruits mûrs à un espalier. Deux cents journalistes, représentant sept ou huit nationalités hier encore opposées les unes aux autres, firent ensemble une descente aux îles Borromées, festoyèrent, dansèrent, gambadèrent et [...] s'aperçurent à quel point, en définitive, tout ce qu'ils avaient en commun était plus fort que ce qui les distinguait les uns des autres.

Le moyen, je vous prie, de continuer à remâcher les âpres litanies de la haine et de la vengeance quand nous apparurent, sur la glace bleue que semblait être l'onde immobile, ces îles d'or semblables à de grandes caravelles ancrées [...] et parées par quelque Watteau de toutes les séductions de la volupté ? [...]

Les jardins insulaires s'étageaient, présentant au soleil leurs massifs d'orangers et de citronniers, leurs camélias et leurs magnolias, leurs palmiers entremêlés à des cyprès géants, leurs cocotiers, leurs tubéreuses et leurs sauges pourprées. Dans ce paradis terrestre dont les splendeurs nous prédisposaient à une rêverie toute sensuelle, les « ressortissants » des diverses nations européennes concevaient l'absurdité de toute rancune et la possibilité des définitifs pardons. Détail extraordinaire et pourtant véridique : certains journaux nationalistes allemands, trouvant leur envoyé spécial trop enclin à la conciliation, le rappelèrent, le remplacèrent par un autre qui, à son tour, infecté d'optimisme, s'amollit, cessa vite de correspondre à l'obsession saumâtre de ses mandants.

[...]

Nous vivions là, momentanément, comme dans ces serres chaudes dont l'abri est indispensable aux fleurs les plus délicates ou bien, comparaison plus appropriée encore, nous végétions comme dans un de ces aquariums maintenus toujours à la température favorable à la vie des plus exceptionnels cyprins. Ah ! si l'humanité européenne entière eût pu, comme nous, se trouver d'un seul coup transportée dans ce milieu si propice à la bonne humeur, la paix perpétuelle eût sans nul doute été fondée. [...]

[...] À Locarno, c'est l'Europe elle-même, l'Europe seulement qui s'est donné rendez-vous pour déterminer son propre avenir et les possibilités de sa pacification et de sa sécurité.

Ludovic Naudeau

Vendredi 16 octobre, soir

La nuit tombe. Toute la population est sortie des maisons, descendue des villages, pour se masser sur la Piazza Grande, devant l'hôtel de ville. Les délégations y sont réunies pour l'échange de paraphes.

La dernière signature est apposée par Benito Mussolini. Plus tôt dans la journée, lors de ses visites de courtoisie à Briand, puis à Luther, il leur a dit : « Soit le pacte de sécurité a de la valeur, alors on ne comprend pas pourquoi la France occupe encore la Rhénanie, soit il n'en a pas, alors pourquoi l'avoir conclu ? » Bien sûr, il sait qu'en politique tout ne suit pas toujours la logique… En y repensant, il est assez content de sa formule.

Galant, Mussolini baise la main de Lady Chamberlain. Le sourire amusé de celle-ci incite Alexis Leger à lui tirer quelque confidence. Il se penche vers elle :

– Vous semblez charmée, chère amie, par notre Napoléon en format de poche…

Lady Chamberlain chuchote en réponse :

– On dirait plutôt un chat qui va manger des canaris succulents…

Mais voilà Rusca, le maire de Locarno, qui sort sur le balcon pour annoncer la signature du protocole final. Il est dix-neuf heures. Les cris de joie et les applaudissements recouvrent ses paroles.

À son tour, Briand s'avance sur le balcon. La foule le reconnaît et l'acclame aussitôt. Alors, contemplant cette forêt de bras levés, écoutant ces milliers de bouches clamer leur espérance, s'imprégnant de ces milliers de cœurs battant à l'unisson, captant l'émotion de la multitude, il tend les mains. Le silence se fait, intense, vibrant de souffles retenus, comme pour recueillir la parole d'un prophète.

– L'accord que nous consacrons par nos signatures a ceci d'encourageant : il procède d'un esprit nouveau. À l'esprit de précaution, de soupçon, se substitue l'esprit de solidarité.

Ses mots vont puiser directement dans l'offrande de la foule.

– Ce n'est pas par l'accumulation de forces que ce pacte veut rendre la guerre impossible, mais par les liens d'une entraide mutuelle et de la solidarité humaine.

L'écho de ses mots résonne en chacun.

– J'y vois le commencement d'une œuvre magnifique : rénover l'Europe, lui donner son vrai caractère dans une union générale, en y appelant tous les peuples, chacun suivant son génie propre, pour assurer définitivement la paix. Nous tous, bons Anglais, bons Allemands, bons Français, il nous faut d'abord être de bons Européens et apprendre à parler cette langue nouvelle. C'est maintenant que les États-Unis d'Europe commencent…

La foule n'est plus seulement une foule ; ce soir, elle fait partie du peuple européen. « Vive l'Europe unie ! » crient des voix. Briand s'est tu. Il se retourne, tend les deux mains vers Stresemann. Sous les vivats, les voilà main dans la main. Les couples les plus désassortis sont souvent les plus unis.

– Je suis sincèrement reconnaissant des mots que vous avez prononcés, lui dit l'Allemand.

– Ce ne sont pas que des mots, et je vous donnerai la preuve qu'il s'agit d'actes, répond le Français.

Stresemann s'approche à son tour de la balustrade, face à la foule. On le sent fatigué et ému. Ses yeux semblent sortir de son crâne. D'une voix enrouée, il prend la parole en allemand :

– Les délégués allemands ont accepté le texte du pacte final non seulement sincèrement, mais joyeusement. C'est avec une joie entière que nous saluons le progrès de la paix européenne. Nous sommes convaincus que les peuples d'Europe doivent vivre paisiblement les uns à côté des autres, après les souffrances infinies qu'ils ont endurées dans le récent passé. Puissent les espérances que fait naître l'œuvre de Locarno se réaliser ! Tel est le vœu qu'expriment les délégués allemands en cette heure solennelle. Nous voulons être de bons Européens, pénétrés de la notion de culture européenne. Comme le disait Goethe, « nous appartenons aux créatures qui, des ténèbres, aspirent à la lumière » !

Derrière lui, Luther, qui a laissé son ministre discourir, essuie ses lunettes embuées. Tout à l'heure, il s'est senti libéré en envoyant à Hindenburg un télégramme poli, mais ferme, indiquant qu'il avait avec Stresemann décidé de parapher – et non de signer – le pacte sur les frontières de l'Ouest, ainsi que quatre traités d'arbitrage avec la France, la Belgique, la Pologne et la Tchécoslovaquie, le paraphe étant à leur avis la meilleure solution pour sécuriser les avantages considérables acquis lors des négociations, notamment sur les frontières orientales, où les prétentions polonaises et tchèques ont été repoussées après d'âpres batailles.

C'est au tour de Chamberlain de s'avancer, raide et solennel. Il prononce quelques mots qu'on n'entend pas. La foule ne cesse plus de trépigner et d'applaudir. Lui aussi saisi par l'émotion, le lord se rassied, les larmes aux yeux, son monocle tombe sur ses genoux. Lady Chamberlain, les mains jointes, s'exclame avec grâce :

– Quel moment inoubliable ! Et en plus le jour de ton anniversaire, cher Austen ! Décidément, nos anniversaires portent chance, n'est-ce pas ?

Briand, qui a le cœur tendre, y va aussi de sa larme de joie. Il se souvient des heures les plus tragiques des batailles de la Marne et de Verdun, où le président du Conseil qu'il était s'est juré, si les hasards de la vie politique le lui permettaient, de consacrer tous ses efforts à empêcher le retour de la guerre. La moustache frémissante, il contemple les milliers de lueurs dans la nuit. C'est cela, la confiance retrouvée : de petites lumières allumées dans les ténèbres.

Edvard Beneš se penche vers Philippe Berthelot :

– Ces accords de Locarno nous apportent la probabilité d'une trêve d'au moins trente ans.

« Une trêve de trente ans… Comme il y va, le Tchécoslovaque ! pense le secrétaire général du Quai d'Orsay. On aimerait bien y croire. »

Alexis Leger sent une petite main ferme se glisser sous son bras. C'est Geneviève Tabouis qui, de l'emplacement réservé aux journalistes, est parvenue à se faufiler jusqu'à la tribune officielle et lui murmure :

– Excellent comme toujours, le discours de votre patron. En revanche, Stresemann, quel propos entortillé… Et puis cette citation de Goethe à la fin sur les ténèbres et la lumière, c'est d'un rebattu, vous ne trouvez pas ? Mais si vous voulez mon avis, rien n'est gagné. Il reste encore à ratifier ce pacte et surtout à l'appliquer. La valeur d'un traité réside dans son application… Moi qui ai suivi la préparation du traité de Versailles auprès de mon oncle Jules Cambon…

Pour couper court à cette leçon d'histoire qu'il a cent fois entendue de la bouche de la correspondante de *La Petite Gironde*, qui se prévaut toujours de sa parenté avec l'ancien secrétaire général du Quai d'Orsay, Leger lui répond :

– Ah, madame, l'Allemagne, ennemie hier, ne vient-elle pas d'apposer, au terme de négociations ardues et librement, sa signature sur huit protocoles de réconciliation ? La France obtient enfin sa sécurité sur le Rhin. Maintenant, automatiquement, les forces anglaises et italiennes viendraient nous aider si jamais les Allemands manquaient à leur parole…

– Mouais… fait la Cassandre française. Le dilemme reste entier : si vous voulez convaincre les Allemands de nos intentions pacifiques, il faudra cesser d'occuper la Rhénanie ; mais si nous lâchons notre gage, cela suffira-t-il pour qu'ils renoncent à leur revanche ? Serions-nous disposés, nous, à nous réconcilier avec un peuple dont les troupes occuperaient une partie de notre territoire ? Nous lui dirions : « Commencez par sortir de chez nous et permettez-nous de ne pas rester désarmés dans un monde armé… » Voici l'impasse, voici le dilemme. Je ne donne pas cher de votre pari pascalien…

Leger n'est pas d'humeur à écouter cette rabat-joie. Heureusement, les cloches de la ville sonnent. La fanfare éclate. On tire un feu d'artifice. Des guirlandes lumineuses forment le mot « PACE ». Des feux d'allégresse s'allument sur les montagnes et des bougies aux fenêtres. Une retraite aux flambeaux parcourt la petite ville. Tout le monde danse. Locarno s'est transformée soudain en bal populaire. Place à la fête !

Au balcon de l'hôtel de ville, Briand, Stresemann, Luther et Chamberlain contemplent la foule en liesse. Il n'y a plus de vainqueurs, plus de vaincus, mais seulement quatre hommes émus, au regard mouillé.

Comme dans un orchestre qui s'accorde, sous la cacophonie de sons criards, de notes heurtées, dans le magma de lignes mélodiques interrompues se superposant dans l'anarchie, on perçoit déjà la possibilité ou même l'esquisse des thèmes musicaux à venir. C'est le temps suspendu de l'avant. C'est la prescience d'une joie avant qu'elle n'advienne, d'une *Vorfreude*, dit-on en allemand.

Et il y a une énergie folle dans cette attente. Une intensité volcanique dans les regards. Les visages, les arbres, les maisons, le lac et les montagnes brillent d'un feu intérieur incandescent : tout est illuminé. Tout irradie. C'est une pulsation, une vibration de tout. On perçoit l'en deçà, le sous-jacent, l'infra-réalité, la trame, la formule chimique, la combinaison secrète des choses. Les couleurs se décomposent en nuances. La lumière chatoie de toutes les teintes du prisme. Tout chante, tout danse, tout s'enivre.

Alexis Leger aussi a envie de s'étourdir, d'enlacer une jolie femme sans plus prononcer un mot, de s'adonner à la sensation pure. Redevenu poète ce soir, l'homme grave au rire d'enfant se glisse dans la liesse de la nuit étoilée. Sur la *piazza*, la foule compacte s'étreint, s'embrasse, s'épaule. On se serre la main, on se donne l'accolade, on regarde ses voisins. Des applaudissements crépitent. Des rires fusent. Des chants d'allégresse s'élèvent de mille gorges. Des rondes se forment. Main dans la main, Louise Lenfant, Ernst Wibeau, André Meyer, Marianne von Wcrcfkin, Charlotte Bara, Rudolf von Laban, Gusto Gräser et ses filles ont rejoint la farandole, tandis qu'un orchestre de charleston se déchaîne.

Toute la nuit, on danse dans les rues de Locarno.

Pace. Peace. Frieden. Paix.

La paix ressemble à cela : un vertige au cœur des hommes.

Samedi 17 octobre, matin

Alors qu'on ne voit dans les rues que des balayeurs municipaux ramassant les vestiges de cette nuit de fête, Giovan Battista Rusca a tenu à offrir, dans sa mairie, le petit déjeuner aux délégués avant leur départ.

Le chancelier, assis à la place d'honneur entre le maire et Lady Chamberlain, le teint rose et frais, tient son discours en français. Il loue le soleil de Locarno. Citant le protocole final signé la veille, Luther rappelle sa « ferme conviction que l'entrée en vigueur de ces traités et conventions contribuera grandement à amener une détente morale entre les nations… Si donc nous croyons à l'avenir de nos peuples, ne vivons pas en mésintelligence, tendons-nous les mains, agissons en commun ! ».

Briand et Stresemann s'échangent quelques caricatures en riant, comme ils rient de l'article de *L'Humanité* de la veille, signé Gabriel Péri : « Le Matin*, inspiré directement par Briand, publiait ces jours-ci un dessin représentant un navire conduit par Chamberlain et portant Briand, Luther et Stresemann, qui voguait entre des récifs marqués du signe du* *marteau et de la faucille. Voilà qui indiquait bien l'objectif du pacte. Cette formation politique visait à isoler la Russie dans le monde. Les diplomates de Locarno n'ont pas réussi leur mauvais coup.* »

– Eh bien, cher ami, nous pouvons être fiers de notre mauvais coup porté à la guerre ! clame Briand.

Il est temps de se quitter.

– Ce n'est qu'un au revoir, cher ami, et Locarno n'est qu'un point de départ. Continuons ensemble cette œuvre d'entente européenne.

Stresemann écoute la traduction de Hesnard, opine et répond :

– Votre amitié m'est très chère. Comptez sur moi pour poursuivre nos efforts avec énergie. Mais que viennent des crises économiques et du chômage, et tous ceux qui souffriront se donneront aux partis extrêmes. Nous péririons ensemble, ou bien nous nous relèverons ensemble, si nous unissons nos efforts au lieu de nous combattre.

Ils se serrent longuement la main. Chacun sait qu'il sera critiqué en rentrant, Briand d'avoir lâché sur les frontières orientales et Stresemann sur l'Alsace et la Lorraine. Mais la Pologne et la Tchécoslovaquie sont loin de la France, tandis que Strasbourg et Metz sont considérés comme terres germaniques par les Allemands. Les derniers télégrammes reçus de Berlin sont franchement inquiétants, l'agitation nationaliste est énorme. « *Dreckige Situation wie nie* – une situation sale comme jamais », a soufflé Stresemann à Luther ce matin avant d'entrer dans la mairie.

Soudain, on entend des cris, une cavalcade, un bruit de

lutte. Puis la porte s'ouvre et un policier se penche vers le maire.

– Messieurs, dit Rusca, le service d'ordre vient d'arrêter sur la place plusieurs *fascisti* armés de gourdins et, à l'intérieur du palais, un individu armé d'un revolver, qui a réussi à s'introduire grâce à une carte de presse, que notre police vient de me donner. Un Allemand qui travaillerait pour le… *Völkischer Beobachter*… Jamais entendu parler de ce journal. L'identité de l'individu va être vérifiée. Monsieur le chancelier et monsieur le ministre, restez prudents. Que cela ne gâche pas la fête et votre bon retour à tous, messieurs.

Leger murmure :

– Knospe…

– Vous dites ? lui demande Kempner.

– Non, rien… Pardon cher ami, vous connaissez ce journal, le *Völk…* ?

– Le *Völkischer Beobachter* ?

Oui, Kempner en a entendu parler.

– Une feuille infâme d'un groupuscule dirigé par un fou dangereux. Des appels au meurtre des Juifs plein les pages. On n'aurait pas dû autoriser sa reparution au début de cette année, mais la démocratie est bonne fille, que voulez-vous… Comme disait Lénine, « les capitalistes vendraient la corde avec laquelle on veut les pendre », et la démocratie garantit la liberté d'expression même aux pires.

Leger sort de sa poche une feuille pliée en quatre.

– Si cela peut vous consoler, nous aussi avons nos prêcheurs de haine. Tenez, voici une sélection d'amabilités que

Charles Maurras a écrites sur Briand… Lisez, c'est assez édifiant.

Kempner lit :

« Je veux la paix entre la France et l'Allemagne. Qui parle ainsi ? Jéhovah ? Romain Rolland ? Le Pape ? Non, c'est M. Briand, notre bon vieil Aristide, ce vendeur de fausse parole, cet intarissable bonimenteur, verbeux, venteux. »

« On le voit boire un bock avec le chancelier du maréchal Hindenburg, à la terrasse fleurie d'un estaminet de la Riviera suisse, parmi les grands de ce monde. Le pacifiste philoboche est à la manœuvre. Il complote. Il fait ami-ami avec notre pire ennemi. »

« On nous annonce la signature prochaine d'un pacte. Cette encre, ce sera du sang. Dans sa fureur criminelle, M. Briand, qui ne sait rien, croit à la garantie. On nous traite de va-t-en-guerre. »

« M. Briand va parler. Donc il va mentir. Le vrai est une abstraction morte pour lui. Les amis de M. Briand assurent qu'il a des antennes. Ne sont-ce pas plutôt des cornes ? Pas celles du diable, mais les cornes de Sganarelle. »

« Briand affirme que les Français n'ont aucune haine dans le cœur contre le misérable peuple qui les a ensanglantés pendant 52 mois… Furie d'inconscience et d'aveuglement, Briand est l'ennemi secret de son pays, de son honneur, de sa grandeur. »

« Sa nature femelle, son âme-fille, profondément

lâche, cette veulerie habillée en homme a pris le parti de l'abaissement de la France, de la patrie. »

« La guerre est dans les choses, c'est la paix qui est l'œuvre de l'homme : il faut la faire et, quand on l'a, la garder à tout prix. Cela ne s'est jamais fait que par les armes. *L'Action française* a démontré à tous les bons Français que M. Briand brade la souveraineté nationale et les intérêts de la France. On ne mate pas de grosses bêtes par des petites. On ne ligue pas trois douzaines de colombes, de fourmis et de petits lapins pour maîtriser un couple de panthères ou de léopards, comme nous l'écrivions déjà en 1922 à propos du traité de Rapallo conclu entre l'Allemagne et les Soviets. »

« On nous apporte [de Locarno] un bibelot juridique d'où il résulte que l'Allemagne hindenburgeoise nous garantit de bonne foi, de son plein gré, l'Alsace, la Lorraine, que sais-je encore ! mais en échange de ces belles choses, elle attend, elle espère des évacuations, des allégements, des facilités sur le Rhin. »

« Le gré, la foi, la garantie signifient des choses morales : nous savons, au moins depuis 1914, ce qu'en fait l'Allemagne. »

« L'Allemagne, nous l'avons sous la main et sous le canon : il faut dissoudre ses cadres politiques et militaires, détruire son unité, la fractionner en villes et régions. Il faut refuser le retour de l'Allemagne au droit commun. Et pour le traître Briand, à la solde de ses amis boches, nous exigeons la Haute Cour immédiate. »

Kempner rend la feuille à Leger.

– Eh bien, quel enragé ! Il paraît que *L'Action française* est lue par beaucoup de lecteurs, moins par conviction que pour son beau style. J'avoue avoir du mal à comprendre comment on peut mettre à ce point la forme au-dessus du fond. Cela doit être typiquement français, non ?

– Ce n'est pas moi qui vais minimiser l'importance de la forme et du style, répond Leger, mais je partage votre avis lorsqu'il s'agit de l'appel au meurtre, par lettre ouverte, de notre ministre de l'Intérieur. Cela lui vaut un procès en correctionnelle ces jours-ci. Tenez, voici la missive.

Kempner prend l'article que lui tend Leger et demande :

– Et que reproche Maurras à votre ministre de l'Intérieur ?

– Principalement d'être juif.

Kempner pâlit.

La *Gazette des tribunaux* du vendredi 16 octobre

Charles Maurras
en police correctionnelle

Hier le 15 octobre 1925, à midi, devant la dixième chambre correctionnelle, des forces de police inusitées, gardes municipaux, agents en civil. Jamais on ne vit un tel déploiement lorsqu'on convoque M. Cachin. C'était M. Maurras que l'on jugeait. À l'audience, les débats furent cependant des plus calmes, et on n'agita que des questions de procédure. Procédure employée par le Parquet, inusitée elle aussi, et qui n'a jamais été appliquée même aux anarchistes les plus notoires.

Il ne fut point encore question des menaces de mort de M. Maurras contre M. Schrameck. Nous y reviendrons demain. Pour l'heure, nos lecteurs trouveront dans notre supplément les extraits incriminés de la lettre ouverte du 9 juin 1925 de M. Maurras à M. le ministre de l'Intérieur.

« Monsieur Abraham Schrameck,

[…] Par votre personne, vous n'êtes rien. Personne ne sait, nul ne saurait dire d'où vous sortez […] De vous, rien n'est connu. Mais vous êtes le Juif. Vous êtes l'Étranger. Vous êtes le produit du régime et de ses mystères. Vous venez des bas-fonds de la police, des loges et, votre nom semble l'indiquer, des ghettos rhénans […]

Vous symbolisez parmi nous, de façon un peu trop visible, l'Étranger qui s'est emparé par surprise du gouvernement et qui le fait servir à des fins antigouvernementales et antinationales […]

En d'autres termes, vous êtes extrêmement bon pour le châtiment […] Nous vous tuerons comme un chien […] Il restera une arme pour vous abattre, vous ! Pour qu'il n'y ait pas de malentendus anthume ou posthume, j'en donne ici l'ordre formel à ceux qui veulent bien accepter mon commandement […] Les ordres qui partent de cette maison sont obéis, vous le savez. Il suffira de lever la herse : monsieur Abraham Schrameck, vous y passerez […] Ce que je dis sera […]

Je n'ai, d'ailleurs, aucun grief personnel contre vous, monsieur Abraham Schrameck […] C'est sans haine comme sans crainte que je donnerai l'ordre de verser votre sang de chien s'il vous arrive d'abuser de la force publique pour ouvrir les écluses de sang français sous les balles et les poignards de vos chers bandits de Moscou. Ce jour-là, les plus lâches des spectateurs ne pourront même pas dire que je vous aie causé le moindre mal, car vous l'aurez voulu, vous vous le serez fait à vous-même, vous aurez commis le forfait que je vous engage à vous épargner.

Il ne m'est pas possible de vous saluer, monsieur Abraham Schrameck, mais je vous avertis. Remerciez-m'en.

Maurras »

Dimanche 18 octobre, matin

La colombe est guérie. Deux semaines après l'attaque de l'aigle, Louise lui rend sa liberté.

C'est le grand jour enfin, elle prend son envol. Bonheur de sentir ses ailes à nouveau fermes et déployées. Par la fenêtre, elle aperçoit Marianne von Werefkin poser délicatement une touche de bleu de Prusse sur l'aile d'un oiseau.

Elle monte vers le Monte Verità, où Charlotte Bara esquisse un pas de danse dans le jardin, son visage offert au soleil, son corps souple ondoyant, ses pointes de pied caressant l'herbe avec une grâce exquise.

Puis elle survole Locarno, ses fanions blancs et rouges flottant au bord du lac, où Alexis Leger, par la vitre d'une automobile, laisse glisser son regard sur l'onde jusqu'aux monts violets. Une colonne de véhicules noirs et une Rolls rouge vif roulent vers la gare. Sur la voie de chemin de fer filent des serpents métalliques crachant de la fumée.

La colombe s'élève et le lac rapetisse, ses barques multicolores disparaissent. Voici une autre colline, baignée de lumière dorée, où, assis devant la fenêtre de son belvédère de Montagnola, Hermann Hesse lève un instant les yeux de sa machine à écrire et l'aperçoit comme une tête d'épingle dans le ciel.

Dans l'ivresse de la liberté retrouvée, elle dépasse les montagnes vers le nord. L'air est pur dans l'azur, elle vole longtemps, jusqu'à redescendre vers les pentes ensoleillées du Valais, là où, parmi ses rosiers, un autre poète pense déjà au versant caché de la vie, à l'ouvert qui l'attend. Elle se pose sur la tour isolée aux pierres élimées par les siècles, pour y attendre que le jour finisse, en écoutant Rainer Maria Rilke scander, la plume à la main, « comme toutes les choses sont en migration ! Petits cimetières que nous sommes, ornés de ces fleurs de nos gestes futiles, contenant tant de corps défunts qui nous demandent de témoigner de leurs âmes… nous voilà chargés de la transmutation, de la résurrection, de la transfiguration de toutes choses ».

Le poète cueille une rose. La fleur se reflète dans l'œil rond de la colombe. Demain, elle reprendra son envol.

Je n'ai pas vu le temps passer.

Sur la terrasse en face de la vallée et du lac, mon verre de gentiane à portée de main, j'ai lu d'une traite le Journal de ma grand-mère, Louise.

Je suis troublé d'être ainsi entré dans ses pensées, dans sa vie de jeune femme.

Troublé aussi par cette histoire oubliée d'une recherche de paix qui résonne singulièrement aujourd'hui.

C'était ici même, dans ces Alpes suisses, au cœur de l'Europe.

C'était il y a un siècle. Temps révolu et pourtant...

Au moment de refermer le cahier, j'ai aperçu, dans le rabat, quelques fiches cartonnées, soigneusement calligraphiées.

J'ai reconnu l'écriture de mon père. En historien consciencieux qu'il était, il n'avait pu s'empêcher d'ajouter au récit de sa mère des éléments biographiques pour chacun des personnages évoqués...

Aristide Briand et Sir Austen Chamberlain reprennent la route ensemble. Ils sont acclamés à Paris. Après une réception à l'hôtel de Matignon, donnée en leur honneur par le président du Conseil Paul Painlevé, Sir Austen arrive à Londres, accueilli en héros. Il est fait chevalier de la Jarretière par le roi George V. Dans la foulée, le prix Nobel de la paix lui est décerné et l'Association de tennis sur gazon annonce la fin de l'exclusion des tennismen allemands des tournois internationaux. C'est à Londres que, le 1er décembre 1925, a lieu la signature du pacte, sous les applaudissements. Tous les délégués se retrouvent sous une pluie britannique ; Lady Chamberlain porte une coiffe ornée de plumes de colombe.

Austen Chamberlain reste secrétaire d'État aux Affaires étrangères jusqu'en 1929 et meurt en 1937, à 73 ans. Son épouse lui survit quatre ans.

Le chancelier Hans Luther et son ministre Gustav Stresemann rentrent, pour leur part, en catimini à Berlin, craignant un attentat. Un flot de boue se déverse sur eux. Les journaux nationalistes les traitent de félons à la patrie. Le

25 octobre 1925, les trois ministres deutschnational démissionnent avec fracas, le gouvernement Luther tangue. Malgré d'extrêmes difficultés, ils parviennent, avec l'appui du président Hindenburg, à faire ratifier le pacte juste à temps pour la signature officielle à Londres.

Comme à l'accoutumée, Briand a mis la Chambre dans sa poche. Au sommet de sa popularité, il forme même un nouveau gouvernement au lendemain de la signature des accords, le 2 décembre 1925. De sa voix de violoncelle, il plaide leur ratification : « Croyez-vous que j'y sois allé sans émotion, au bord d'un lac rencontrer des ministres allemands ? J'y suis allé, ils y sont venus et nous avons parlé européen. C'est une langue nouvelle qu'il faudra bien que l'on apprenne. Ah ! le peuple allemand, c'est un grand peuple, avec ses qualités et ses défauts... Mais que resterait-il de ces malheureux peuples si une nouvelle guerre survenait ? Je vous le dis simplement, en faisant appel à votre raison, à vos cœurs et à votre patriotisme : Locarno, c'est ce qui peut empêcher cela. »

S'il obtient une large majorité, Briand est calomnié par beaucoup d'autres, de *L'Action française* à *L'Humanité*. Clemenceau, son vieux rival, pour l'instant se consacre à la publication de ses discours, de ses Mémoires et d'une étude sur Démosthène, soucieux de son image dans les livres d'histoire. Mais il lancera, fielleux, à la mort de Stresemann : « Il a roulé Briand. »

L'admission de l'Allemagne à la Société des Nations a lieu un an plus tard, le 10 septembre 1926. Ce jour-là, les accords de Locarno entrent en vigueur. Dans la foulée, Briand et Stresemann reçoivent ensemble le prix Nobel de la paix. Et de trois !

À Locarno, l'aventure de l'Europe n'a fait que commencer. L'idée d'une intégration économique européenne, promue par Louis Loucheur, industriel et ministre proche de Briand, conduit à la conclusion en 1926 d'un accord créant l'Entente internationale de l'acier entre producteurs français, allemands, belges et luxembourgeois, puis en 1927 à une conférence économique internationale, qui réunit cinquante pays, et à un accord commercial par lequel la France et l'Allemagne se concèdent mutuellement la clause de la nation la plus favorisée. Le 9 septembre 1929, à Genève, les représentants des vingt-sept États européens membres de la SDN tiennent une première réunion en vue d'instituer un lien fédéral entre eux. Ils confient à la France le soin de préparer un mémorandum sur une union européenne.

Gustav Stresemann, très affaibli, participe néanmoins aux plaidoiries à Genève en faveur de cette union : pour lui, loin d'être une idée romanesque ou une utopie, l'union de l'Europe doit être recherchée d'abord sur le plan économique. Il appelle même de ses vœux une monnaie européenne. Quelques jours plus tard, le 3 octobre 1929, il succombe à sa maladie de Basedow, aggravée par le surmenage. Il a 51 ans. Il meurt amer, car les troupes françaises n'ont pas encore quitté le sol allemand, comme promis. L'occupation de la Rhénanie ne cesse qu'en 1930, cinq ans après Locarno : cinq années de retard qui ont apporté de l'eau au moulin des nationalistes allemands. Entre-temps, la crise de 1929, qui débute quatre jours après la mort de Stresemann, sonne le glas de la fragile démocratie de Weimar. Sa famille doit s'exiler sous le Troisième Reich. Käte vivra à New York jusqu'à sa mort en 1970 à 87 ans. Son fils aîné, Wolfgang, chef d'orchestre, travaillera avec Bruno Walter aux États-Unis et avec Herbert von Karajan à Berlin.

Le 1er mai 1930 est publié le mémorandum pour l'Europe, rédigé par Alexis Leger sous la direction d'Aristide Briand. Il se réfère à Locarno pour brosser, sous la plume du poète, de grands principes : une fédération fondée sur l'idée d'union et non d'unité, assez souple pour respecter l'indépendance et la souveraineté nationale de chaque État tout en assurant à tous les bénéfices de la solidarité collective, une présidence tournante annuellement, un rapprochement des économies européennes, un marché commun, la libération progressive de la circulation des marchandises, des capitaux et des personnes, une vaste coopération dans tous les domaines – finances, transports, travail, santé, culture…

Briand, de son côté, n'a pas le temps de développer, comme il l'entendait, la Commission d'Union européenne, qu'il préside un temps. Il est trop tard, l'heure n'est plus à l'apaisement : dans une Allemagne ravagée par un chômage massif, les élections de septembre 1930 font entrer au Reichstag une centaine de députés nazis. Resté jusqu'au bout ministre des Affaires étrangères, Briand meurt le 7 mars 1932, à 69 ans. « L'Europe hantait son agonie, écrira Leger, vision douloureuse, angoissante, qui exigeait encore du mourant toute l'urgence de l'action. »

Ni Stresemann ni Briand ne connaîtront la prise de pouvoir de Hitler en 1933, mais ils auront vu s'éteindre peu à peu l'esprit de Locarno. L'espoir d'une trêve durable a fait long feu. Désormais, eux disparus, plus rien n'empêchera la marche vers une nouvelle guerre.

Hans Luther quitte la Chancellerie et la politique en mai 1926. Il devient président de la Reichsbank en 1930. Il est destitué en 1933 par Hitler. Il meurt en 1962, à 83 ans.

Émile Vandervelde demeura ministre des Affaires étrangères de la Belgique jusqu'en 1927. Il écrira de nombreux livres de réflexion politique et ses voyages le mèneront jusqu'en Chine. Responsable du parti ouvrier belge, il participera à diverses responsabilités gouvernementales, ainsi qu'à la présidence de l'Internationale ouvrière socialiste, jusqu'à sa mort en 1938, à Ixelles, à 72 ans.

Franz Kempner quitte le secrétariat général de la Chancellerie et est contraint en 1933 de se retirer de la vie publique en raison de ses origines juives. Il mène dès lors une vie discrète et en partie clandestine. Il rejoint dans la Résistance le chef du service de presse à la Chancellerie en 1925, son ami Otto Kiep. Peu après l'attentat du 20 juillet 1944 contre Hitler, dans lequel il est impliqué, Kiep est pendu et sa femme envoyée au camp de Ravensbrück. Kempner est décapité à la prison de Plötzensee à Berlin en mars 1945. Son frère Alfons, médecin, est mort en 1942 au camp de Terezin.

Max von Stockhausen, conseiller du chancelier fédéral jusqu'en 1928, adhère en 1926 au parti catholique du Zentrum et épouse cette même année Marie-Antoinette von Papen, fille de Franz von Papen, qui, éphémère chancelier en 1932, contribuera à la chute de la république de Weimar et sera vice-chancelier de Hitler de 1933 à 1934. Il est acquitté à

Nuremberg, mais condamné par un tribunal allemand à huit ans de travaux forcés, puis relaxé en appel en 1949. Son gendre est pour sa part mis à la retraite anticipée en 1935 pour avoir refusé d'adhérer au parti nazi et vivra retiré dans son domaine de Stockhausen jusqu'à sa mort en 1971, à 80 ans.

Philippe Berthelot, entouré de nombreuses amitiés artistiques et littéraires, dont Claudel, Gide, Valéry, Cocteau ou Coco Chanel, demeure jusqu'en 1933 secrétaire général du Quai d'Orsay, où il continue à défendre une politique de modération vis-à-vis de l'Allemagne par réalisme politique, ce qui lui vaut beaucoup d'adversaires, dont Poincaré et les nationalistes. Il meurt en 1934, à 68 ans.

Alexis Leger, après avoir accompagné Briand jusqu'à sa mort, est démis en 1940 de ses fonctions de secrétaire général du Quai d'Orsay, où il avait remplacé Berthelot. Il s'embarque le 16 juin pour Londres, est déchu de la nationalité française en octobre 1940 et s'exile aux États-Unis, où il renoue avec la poésie. En 1942 à New York, il prononce un vibrant hommage à Briand. Après la guerre, il publie, sous le pseudonyme de Saint-John Perse, plusieurs recueils, dont *Exil*, *Vents*, *Amers*. Il ne revient en France qu'en 1957, après dix-sept ans d'absence. Le prix Nobel de littérature lui est décerné en 1960, quinze ans avant sa mort.

Oswald Hesnard, après avoir accompagné Briand à toutes les conférences internationales, non seulement comme interprète, mais comme homme de confiance, se voit progressivement supplanté par Alexis Leger. Nommé directeur de la Maison académique française à Berlin en 1931, il rentre en France en 1932, où il meurt en 1936, à 59 ans.

Marianne von Werefkin peint son ultime tableau, *L'Église*, en 1936 et s'éteint en 1938, à 77 ans, à Ascona. Le village au complet suit le convoi funèbre. Un musée y est dédié à ses œuvres. Dans les dernières pages de son Journal, elle a écrit : « dans les mains de l'amour triomphant rayonne l'art qui est au-dessus de tous les combats ».

Fernand de Brinon, journaliste partisan d'un rapprochement entre la France et l'Allemagne, interviewe Hitler à partir de 1933 à plusieurs reprises et se fait dès 1940 l'avocat de la collaboration avec l'Allemagne. Il est condamné à mort et fusillé en 1947, à 61 ans.

Ludovic Naudeau, grand reporter et écrivain, publie de nombreux livres sur l'Allemagne, le Japon ou l'Union soviétique, où il a voyagé. Il meurt à Pontoise en 1949, à 77 ans.

Hermann Hesse publie encore d'importants romans comme *Le Loup des steppes* en 1927 et *Le Jeu des perles de verre* en 1943. Il obtient le prix Nobel de littérature en 1946 et meurt en 1962 à Montagnola, à 85 ans.

Hugo Ball meurt à 41 ans, en 1927, après avoir publié une biographie de Hermann Hesse. Emmy Hennings lui survit jusqu'en 1948 ; elle meurt à 63 ans, dans la misère, complètement oubliée.

Gusto Gräser, « l'homme de la nature », réussit à échapper en 1936 à l'arrestation, mais une grande partie de sa famille et plusieurs de ses adeptes sont internés et assassinés par les nazis. Il survit jusqu'en 1945 dans un isolement total, caché par des amis poètes près de Munich, où il mourra, oublié, à près de 80 ans, en 1958.

Geneviève Tabouis ne cesse de mettre en garde contre la montée d'Adolf Hitler et le réarmement allemand, au point que Léon Daudet la surnomme en 1933 « Madame Tata, la voyante » et qu'Adolf Hitler l'attaque dans un discours du 1er mai 1939 : « Madame Tabouis, la plus intelligente des femmes, sait ce que je vais faire avant que je le sache moi-même. C'est ridicule. » Réfugiée en 1940 à Londres, puis en 1942 à New York où elle dirige un journal, elle rentre en 1945 à Paris, anime des émissions radio et meurt en 1985, à 93 ans.

Le père de Charlotte Bara fait construire pour elle en 1928 le Teatro San Materno à Ascona ; la danseuse meurt en 1986, à 85 ans, dans la commune.

Leni Riefenstahl tourne dans le film *La Montagne sacrée* d'Arnold Fanck (1926), puis dans d'autres films de montagne, admirés de Hitler, qui la choisit, dès son accession au pouvoir, pour filmer les rassemblements du parti nazi (*Le Triomphe de la volonté*, 1934) et les Jeux olympiques de Berlin (*Les Dieux du stade*, 1936). Bien que proche du Führer, elle est acquittée en 1948 et se consacre à la photographie, notamment en Afrique. Elle meurt en 2003, à 101 ans.

Je replace les fiches dans le cahier, ému.

Toutes ces voix désormais éteintes, tous ces destins aujourd'hui ensevelis sous la cendre du temps.

Ils ont souffert, espéré, aimé.

Ils voulaient être des artisans de paix. Ils connaissaient les engrenages qui mènent à la guerre, le désir de vengeance, les rivalités, l'ignorance. Ils en avaient peur. Et c'est vrai, la Seconde Guerre mondiale a surpassé la première en cruauté. Puis, enfin, l'Europe a connu la paix, sur une période exceptionnellement longue.

Nous nous sommes vautrés dans le sentiment que la guerre ne reviendrait pas. Mais elle ne cesse jamais. C'est seulement qu'on ne veut pas la voir. Guerre froide, guerre de décolonisation, guerre civile, guerre de religion, guerre d'épuration, guerre des étoiles, cyberguerre… Notre désir de paix ne fait pas le poids.

Tout cela est du passé. À présent, tout est accompli.

Tiens, je n'ai pas revu l'aigle. Lui aussi semble avoir déserté.

Il ne me reste plus qu'à attendre, jusqu'au moment où...

Je ne regarderai pas ma montre. Il me suffira de regarder l'horizon. Là, devant, tout droit.

Je laisserai mes mains sur le cahier. Je ne cillerai pas. Je tâcherai de respirer tranquillement. Peut-être même de sourire. J'attendrai ainsi, dans le silence du monde, adossé à la masse granitique de la Cima dell'Uomo, le sommet de l'homme, quelle ironie.

Ça ne devrait plus durer longtemps. Je verrai bien assez tôt le nuage s'élever et s'approcher.

Peut-être cela sera-t-il beau. Une forme admirable, fascinante, une sphère géante, un arbre qui monte au ciel, que sais-je ? Ou bien quelque chose de scintillant, d'irisé, de lumineux, un milliard d'arcs-en-ciel simultanés, comme un gigantesque feu d'artifice qui clôt le spectacle...

Oui, ce serait bien que l'Histoire finisse en beauté.

Remerciements

Merci à la Bibliothèque nationale de France et à sa bibliothèque numérique, Gallica, pour tous les journaux de 1925 numérisés.

Merci au Bundesarchiv, dont le site met en ligne les comptes-rendus et documents administratifs exhaustifs et admirablement classés de la conférence de Locarno.

Merci à Vercors pour avoir prêté sa belle plume à un « essai d'autoportrait » d'Aristide Briand, qui, contrairement à tant d'hommes politiques soucieux de laisser une trace, n'a pas écrit ses Mémoires.

J'ai eu un immense plaisir à me replonger dans l'œuvre de Saint-John Perse, en reprenant mon premier Pléiade, acquis à Montréal en 1986 avec mon premier salaire. Et c'est avec une délectation particulière que j'ai lu ou relu Romain Rolland, André Gide, Joseph Roth, Hermann Hesse, Thomas Mann et tant d'autres.

La citation de Rilke est tirée d'une lettre du 26 novembre 1925 à Sophy Giauque, une jeune peintre.

Un grand merci enfin à Catherine Farin, mon agente, et à Maud Simonnot, mon éditrice, pour avoir cru à cette histoire.

Bibliographie

Jacques BAINVILLE, *L'Allemagne*, t. 1, *1909-1918*, Plon, 1939.

Jean-Luc BARRÉ, *Le Seigneur-Chat. Philippe Berthelot, 1866-1934*, Plon, 1988.

Paul CLAUDEL, *Œuvres en prose*, Gallimard, « Bibliothèque de la Pléiade », 1965 (portrait de Briand pages 1269-1274).

Alfred DÖBLIN, *Berlin Alexanderplatz* (1929).

William FAULKNER, *Victoire*, in *Treize Histoires* (1931).

André GIDE, « Réflexions sur l'Allemagne », *Incidences*, NRF, 1924.

Jean GIRAUDOUX, *Siegfried et le Limousin*, Grasset, 1922.

Emmy HENNINGS, *La Flétrissure* (1920).

Hermann HESSE, *Le Dernier Été de Klingsor* (1919), *Demian* (1919), *Siddharta* (1922), *Le Loup des steppes* (1927).

L'Illustration, n° 4312, 24 octobre 1925.

Irmgard KEUN, *Une vie étincelante* (1932).

Jean-Yves LE NAOUR, *1922-1929. Les années folles ?*, Perrin, 2022.

Thomas MANN, *Von deutscher Republik* (essai de 1922), *La Montagne magique* (1924), *Deutsche Ansprache, ein Appell an die Vernunft* (essai de 1930).

Victor MARGUERITTE, *Aristide Briand*, Flammarion, 1932.

Charles MAURRAS, *Le Mauvais Traité*, Éditions du Capitole, 1928 (l'article de Bainville du 8 octobre 1925 est cité page 347 de cet ouvrage).

Ludovic NAUDEAU, *En écoutant parler les Allemands*, Flammarion, 1925.

Bernard OUDIN, *Aristide Briand*, Robert Laffont, 1987.

Ludwig RENN, *Guerre* (1928).

Joseph ROTH, *La Toile d'araignée* (1923), *Hotel Savoy* (1924), *La Rébellion* (1924).

SAINT-JOHN PERSE, *Anabase*, *NRF*, 1924 ; *Briand, discours à New York le 28 mars 1942*, in *Œuvres complètes*, Gallimard, « Bibliothèque de la Pléiade », 1972, p. 605.

Ernst VON SALOMON, *Les Réprouvés* (1930), *Les Cadets* (1933).

Max VON STOCKHAUSEN, *6 Jahre Reichskanzlei, von Rapallo bis Locarno, Erinnerungen 1922-1927*, Athenäum Verlag, 1954.

Gustav STRESEMANN, *Les Papiers de Stresemann*, Librairie Plon, 1932.

VERCORS, *Moi, Aristide Briand. Essai d'autoportrait*, Plon, 1981 ; Éditions Complexe, 1993.

Louise WEISS, *Mémoires d'une Européenne*, t. 2, *Combats pour l'Europe, 1919-1934*, Albin Michel, 1979.

Marianne von WEREFKIN, *Lettres à un Inconnu*, Éditions Klincksieck, 2005.

RÉALISATION : NORD COMPO À VILLENEUVE-D'ASCQ
ACHEVÉ D'IMPRIMER SUR ROTO-PAGE
PAR L'IMPRIMERIE FLOCH À MAYENNE
DÉPÔT LÉGAL : MARS 2025. N° 157599 (106410)
IMPRIMÉ EN FRANCE